그대, 느린 눈으로 오시네

조현정 시집

그대, 느린 눈으로 오시네

달아실시선
60

달아실

일러두기

1. 본문에서 하단의)는 '단락 공백 기호'로 다음 쪽에서 한 연이 새로 시작
   한다는 표시임.
2. 보조 용언과 합성 명사의 띄어쓰기 등 본문의 맞춤법은 시인의 의도에
   따른 것임.

시인의 말

괜찮아?
아직은.

당신께 두 번째 연서를 보낼 수 있어
다행입니다.

2022년 10월
조현정

차례

그대, 느린 눈으로 오시네

2부

3부

4부

1부

아주 긴 장마가 시작될 거예요

실종 가족은 바다 속에서 발견되었어요
가장은 루나 코인과 수면제를 검색했군요

달의 여신과 동전의 양면과
수면제의 달콤한 유혹

자, 손을 내밀어보아요
무엇이건, 재빨리 움켜쥐지 않으면 놓치고 말아요
어두운 여름 아침이에요

울다 깼나 봐요
선택할 무엇도 없는 저녁이었는데

세상에는 아무것도 없고, 젖은 숲과 지붕들
내리는 건지, 걷히는 건지 알 수 없는 어스름
물속 같은 어둠을 들락거리는 꿈을 자주 꾸었어요

이제 꿈을 건져 올려야 할 시간이에요
〉

하얀 원피스를 입은 조그만 딸을 업고
어린 엄마가 로또를 사요
번호를 고르다가 눈 풀린 토토인들을 봐요
복권방 구석에서 행운계 행성과 교신 중인

주식은 바닥에 큰 구멍을 만들었어요
코인이 녹아 사라진 곳에서 달의 여신이 춤을 추어요

행운은 우리가 원하는 반대 방향으로 빠져나가고
도시에서 흘러나간 유등은 모두 바다에서 발견되었어요

달의 여신은 사라지고
이제부터, 아주 긴 장마가 시작될 거예요

결로結露

너무 차가워진 우리
얼음 강 위에 함께 얼어붙은 버드나무와 나

발이 묶였다
바람이 지나며 평생의 언질을 속삭였다
나랑 가자 자유로이

믿지 말아야지
가늠할 수 없는 것은 바람의 온도
따라나서지 않았다

얼음이 더 두꺼워졌다
발 빠져 허우적거릴 일은 없겠다
기웃한 버드나무 손끝은 얼음에 닿을락 말락
완전히 얼어붙을 테지

너무 뜨거웠던 우리
안에서 잠금쇠를 걸어버린 줄도 모르고
우리가 정한 비밀번호를 아무리 눌러도 열리지 않던 문

너는 문을 열지 않기로 마음먹은 듯했지만
문을 열어주리라 믿었던 나의 날들이 지나갔다

문이 열리기를 기다리는 동안
돌아온 바람이 다시 속삭였다
적정 온도를 유지해야 살아남을 수 있는 세상이 된 지
오래야
지금은 조금 차가워져야 해

아침에야 열리는 문
기억상실증 환자처럼 서로를 섞어 환기했다

이제 얼음이 녹을 테지
서서히 발이 빠져들겠지
나의 체온이 빙점과 타협하는 온도에서
그러곤 봄이라 하겠지
발바닥이 가라앉고
발등이 젖겠지
서서히 발목이 잠기고

서서히는 아, 너무 길어 한순간 짧게

풍덩!

사랑은 치매처럼 옛날만 남고
우리는 매번 온도 조절에 실패한다
온도 차로 생긴 이슬이 너무 오래 자주 맺힌다

거머리

너를 위한 아귀 요리를 준비하는데
미나리에서 거머리가 나왔다

통통하고 미끄덩거리는
피를 향해 몰려드는 검고 끈적거리는 얼룩들
접질려 좌초한 발목의 비명
소화 불량
아귀의 간에서 푸아그라 맛이 났다
어떤 불화의 불성실한 연결음들이 달각거렸다

먹이깔때기가 박힌 채 예정대로 죽어간 거위의 식도처럼
부풀어 회복하지 못하는 것들의 숨은 욕망
내 뺨을 갈기던 너의 손바닥에 풀어놓았다

잊은 줄 알았다
폭력은
아무데서나 휘갈기고
아무렇게나 들러붙는다는 걸

술 취한 날의 메모처럼

소요유逍遙遊

숲 바닥으로 끈벌레 한 마리 비틀비틀 지나는 중이다
지난 계절에 흘린 눈물과 일렁이는 구름을 조금 감춘 채

반짝이지 않는 입술에만 입 맞추고 싶었다
닿자마자 사라지는 것은 얼마나 매력적인지

너는 왜 오렌지색 립스틱이 어울리지 않지?
그건 내 잘못이 아니라고 말한다
그러는 당신은 왜 꽃무늬 원피스가 어울리지 않지?
당신은 내가 너무 어렵다고 말한다

가둔 말들이 흔들릴 때마다
피다 만 꽃잎들이 가로등에서 죽은 나방처럼 쏟아졌다

당신에게 어디 사느냐고 묻는다
죽음 바로 앞에 산다고 대답한다
거기가 어디냐고 묻는다
당신도 어딘지는 모른다고 대답한다
〉

무작정 걷다가 혹등고래가 사는 바다 한가운데까지 밀
려왔다
　나만의 좌표를 적어둔 공책이 어디 있었을 텐데

　바다로 돌아간 당신은 잘피* 그늘에 자리를 펴고
　나를 불러내 단잠을 청하려 하지만 못 본 척해야 한다

　여기는 암센터
　나는 오늘 여기서 가장 먼 데를 찾아 떠나야 하므로

* 해수에 완전히 잠겨서 자라는 속씨식물.

파치의 시간

꽃을 솎는 일은 나무에게서 나비를 빼앗는 일
이유 없이 헤어진다 한 꽃이 다른 꽃들과

비바람과 벌레와 새들에게 기꺼이 몸을 내어줌으로
농부의 곁을 지켜주는 과일을 먹는다

파치의 시간으로 잠들고 깨어나는 나는
가슴에 몇백 개의 꿈을 더 가졌다
나는 갖가지 영혼의 양초를 파는 사람이 될 수도 있겠다

상한 과일들이 빌려준 시간 속으로
성한 과일들이 들어온다

서로가 서로에게 기대인 그림자 속으로
달콤한 햇빛 한 줌 기울어온다

까마귀 이는 저녁

세상에 수도 없이 일어나는 불행이
너에겐 없을 거란 단꿈을 꾸었구나

살기로 약속한 단 하루가 지나면
천지에 플라스틱 꽃이 필 것이니

사는 동안에 남긴 건
아물지 않을 첫사랑의 기억 몇 닢

다리를 바짝 붙여 날갯짓을 하는 동안
어둠은 목을 길게 빼고 까악까악 울었다

신은, 파드득 날아오르는 그를 향해
별을 장전하고 있었다

잠깐 동안 저승의 눈과 마주쳤다

겨우살이

사랑을 잃은 머리칼
불쏘시개
상한 날개
추락은 부드럽고 완만하면 좋겠다

겨우 산다

그것이 불쑥 나를 찾아오고부터
좀처럼 풀릴 것 같지 않은 문제가 생겼다

벗어날 수 없다
단단한 손아귀로 삶을 사정없이 뒤흔든다
내가 죽으면 그것도 죽는다
그것이 살려면 나를 살려야 한다

당신과 나
함께 소원을 빈다

나는 슬픈 노래가 싫다고 빌고

당신은 무엇을 소원하는지 말해주지 않는다

입 밖으로 내면 이루어지지 않아

겨우겨우 겨울을 난 내가
당신의 소원으로 아직 여기 있다

달빛에 엉긴 부스스한 그것
미처 닿지 못한 기도들
또 한 번의 겨울을 기다리고 있다

폭설暴雪

당신이 한 말에
나도 모르게 이게 웬 개소리야 말해놓고
내가 나를 놀란 눈으로 보았네

나도 당신도 놀라지 않은 척 넘어갔지만
뚝 떨어져 걷는 당신 등 뒤로
젖은 눈이 쏟아지고 있었네

기상 캐스터는 눈발 날리는 목소리로
비닐하우스 위에 15톤 트럭을 올려놓고
습설濕雪의 무게를 계산해주었네

비닐하우스를 비밀하우스로 써놓고
가벼움과 무거움의 한 끗을 생각하네

눈 알갱이들은
거센 바람에 몸을 맡긴 채 궁싯거리지도 않고
한쪽에서 다른 한쪽으로 잘도 몰려다니더니
지붕 위에 서로를 두터이 덮어주었네
〉

때로는 벗어나기 위해 휩쓸리는 것도 괜찮다고
내가 나를 다독였네

생존율 15프로

적극적으로
치료하면 나을 수 있다는 말엔
적,
극적으로 살 수 있다는 말이
숨어 있다

85프로로 산다

그깟

자고 난 눈꺼풀이 쩍 붙어선
도무지 떨어지지 않는 아침

꿈을 문질러 울었나 봐요
속눈썹이 모두 빠졌어요

그깟 속눈썹
'그깟'이 몰래 수고하고 있다는 걸
매사 한 박자 느리게 알아채요

울면 열리는 마음의 하늘 문

울타리 같은 사람들이
쪼그려 같이 울어줬어요

미미

친구의 익명은 미미예요

미미 인형의 긴 머리카락을 단발로 싹둑 잘라준 적이
있대요
다시 자라는 줄 알았대요

아무리 오래 기다려도 머리카락이 다시 자라나지 않았
대요
아픈 거라고 생각했대요

안아주기도 하고 자기가 먹는 약을 먹여보기도 했다나
봐요
모두 소용이 없었다네요

아주 오래전 이야기라며
한참을, 아무 말도 없이 가만히 나를 건너다보는 것이
겠죠

그건 질문이었을 거예요

언제부턴지 머리카락을 포함한 터럭이 자라는 걸 멈추

었대요
　아픈 미미였던 것이지요

　빠지는 건 할 수 없지만 엉뚱한 털 하나 삐죽 나는 건
뭐냐며
　자기는 잔머리 대마왕이래요

　치료약은 잘 듣는다네요
　새로 나온 가는 머리카락을 쓸어 보이며, 친구가 크게
웃어요

　야, 아직은 있던 머리카락이 길지만 조만간 수세로 따
라잡겠다
　어색한 웃음이 좋았어요

　있던 머리카락이 빠진 자리에, 새로 난 머리카락이 또
자라고
　그러다 더는 자라지도 않고, 민둥산이 되는 날도 곧 오
겠지요

　예쁜 털실로, 미미의 모자를 떠야겠어요

봄 바다에서

어디든 봄 바다가 닿는 곳으로 가야 했네

겨울의 끝자락을 끌고 가
바람에 밀려온 그의 팔에 매달려 백사장을 걸었네

해마다 돌아오는 봄은 어렴풋이 아픈 일
흐린 안도였네

움켜쥘수록 손가락 새로 다 새버리는 물 같은 봄을
구멍 난 조가비에 엮어 목에 걸었네

작고 동그란 구멍의 고백은 눈물관
눈물의 기도를 말끔하게 감춰주던 비밀의 시간이었네

색 바랜 사진으로 곁에 있고 싶었네
오래오래 웃으며 서 있고 싶었네

살며시 그의 팔을 놓아보았네
이별 연습이었네
〉

가만가만 걷는 그가 멀어져가네
아른아른 밀려드는 물결처럼 자꾸 살고 싶은 봄날이었네

이 봄날 아픈 데 없이 걸을 수 있어 좋아

오래 머물 수 없는 고백이었네

유품에 대한 사적 견해

아는 언니의 이야기예요
고독사한 지인의 서랍에서 동전 꾸러미가 나왔대요
동전을 차마 버릴 수 없어 집으로 가져와 창가에 올려
두었는데
공교롭게도 그날부터 온몸에 두드러기가 나더래요
아무리 약을 먹어도 낫지 않더래요
그제서 언니를 말리던 유품 정리업자의 말이 생각났대요
고인의 동전을 지니면 몸이 병들거나 아프게 될 거라고
안 되겠다 싶어 불우이웃돕기 동전통에 넣었더니
거짓말처럼 나았대요

한생을 살고 난 살림은 어찌 그리도 많던지
툭하면 가방 하나 우산 하나 메리 포핀스처럼 살겠다고
했다는데
이루지 못했나 봐요
마법 가방 하나만 장만해두었더라면 문제없었을 텐데
말이죠
이사를 하며 연못까지 가지고 가는 사람이었어요
연못뿐 아니라 담벼락을 감싸던 붉은 장미 노을빛도

능소화 넝쿨까지 살뜰히 챙겨 가더래요

아기 인형 옷만 가방 한가득

아기 인형을 하도 좋아해서 자식이 없다는 말도 들었대요

오스스 소름이 돋았어요

그러면 뭐 해요

동전 몇 닢은 먼지와 함께 사라졌고

달빛 연못과 장미 넝쿨은 옛 애인에게로 다시 돌아갔다
는 이야기를 들었어요

유품은, 남은 사람의 마음에서 그렇게 정리되는 거랬어요

다시는 못 볼까 봐

　바자회에 내놓을 인형과 헤어지기 싫다는 배우의 어린
딸, 어찌나 귀여운지 저절로 미소 짓게 한다. 헤어질 인형
들 하나하나 안아주는 작별 의식을 치르며 눈물을 뚝뚝
떨구었다. 엄마가 딸을 안쓰럽게 바라보며 달래볼 양으로
다른 인형을 내밀었다. 역시나 안 된다고 고개를 젓는다.
"얘는 네가 삼 년 동안 한 번도 같이 놀아주지 않은 아이
야……" 아이가 울음 딸꾹질을 삼켜가며 울먹울먹 말했
다.
　"다시는, 다시는 못 볼까 봐, 그래……"

　애써 잠깐씩 잊고 지냈지

　당신이 나의 마음창고 어딘가에 있어주는 것으로
　슬픔을 견디는 힘이 된다는 걸

　간밤, 술에 기대 울던 당신
　미안하다는 고백을 받아줄 수 없어 미안해

　한낮의 빗속에서

하얀 플록스들 서로 얼굴을 부비며 젖어드는데

내가 올 때 미동도 하지 않던 당신
표정 없이 떠나던 날보다 조금 더 완성된 작별을 상상해

당신의 고립을 해제하기 전 마지막으로 품어보는 말

다시는 못 볼까 봐

ON AIR

신호란 신호는 다 걸리는 날이 있습니다
신호란 신호를 단번에 통과하는 날도 있지요

황색등을 단 막대기를 들고
광대 줄타기하듯 시작하는 하루입니다

문득, 언제까지 살 수 있을까

살던 대로 살겠다는 의지 뒤꽁무니에 매달린 초조가
심장 귀퉁이를 쥐락펴락합니다

울고 싶은데 죽어도 눈물 안 나는 날이 있습니다
울기 싫은데 저절로 눈물 넘치는 날도 있지요

멈출 수 없어 세 바퀴를 돌았어요
이 동네 머피의 법칙엔 장단 맞추기 쉽지 않네요

하루쯤 지각해도 되는 날이 있으면 얼마나 좋아
〉

아, 이런 날 승강기는 늘 맨 꼭대기에 가 있고
아무리 그래 봤자,

좋은 아침입니다

2부

지나간 여름 이야기

또다시
상한 마음 들러붙어 불편한 관계를 만들었습니다

모카 케이크를 잘라 먹으며
생일이 껴 있는 여름을 한 번도 사랑한 적 없었노라

거짓말을 했습니다

삶이 죽음의 공포인 것을 모르는 사람처럼
상실을 한 번도 울어보지 않은 사람처럼

마음을 찢어버리며 열하루를 채우고
열이틀째부터 싹 다 잊었다고 적어둡니다

오늘은 열세 번째 날

인두겁을 쓴 바이러스가
골목을 돌고 돌아 우리 집 문 앞까지 왔습니다
〉

미리미리 인사를 해두어야겠습니다

안녕, 여름!

파이트클럽*을 보는 저녁

- 지치면 꼭 상대를 끌어안더라
- 기대면 덜 힘드니까
- 기생인 거구나
- 공생이지, 심판에게 기대면 웃기잖아

포기하지 않는 구겨진 힘과
손가락 마디마디 저장된 미미한 열선이
시너지를 내는 파이팅의 현장

매끄러운 근육과 근육이 뒤엉켜
돈과 피로 버무려진 쾌감을 열연할 때
나와 당신의 문제는 보류된다
가계 대출이 막히고 부동산이 폭등한다

이쯤 되면
정신이 번쩍 들 한 방이 날아와도 좋으련만

이 나라는 안전하지 않습니다
탈출할 수 없다면 치열하게 싸우다 가시기 바랍니다

패배자를 위한 신속한 위로 서비스도
항시 대기 중이오니 많은 이용 바랍니다

파이터들에게 정기적으로 날아드는 경고성 안내 방송
끝내, 속 시원한 한 방은 나오지 않고
지친 파이터들은 서로 끌어안으며
오늘 저녁도 공생 중이다

* 온라인 TV 프로그램. 격투 서바이벌 콘텐츠.

그 나무 어디로 갔을까

비술나무라 했네
봄이면 이파리처럼 어린 꽃들이 어김없이 피어났네
새벽 출근길에도 늦은 퇴근길에도
그 나무 한결같이 한 자리를 지키고 서 있었네

후루룩 날아가는 연한 것들의 마음은 둥실거리고
틈새로 새어 나온 빛에 손을 내밀면 잡힐 듯 잡히지 않
는 것들이
통장 속 잡히지 않는 빚처럼 늘어갔네

비바람 많던 젊은 날이었지만
논에 다녀온 가장의 장화에 붙은 개구리밥처럼
연한 꽃잎들 동글동글 잘도 떠다녔네, 밥이었네
세상에 던져진 아이는 비 웅덩이를 피해 가는 법을 몰
랐네
첨벙거리며 열심히 살았네

그 겨울 사직서 내던 날
바싹 마른 나뭇가지 끝을 붙들고 조금 울었네

사람으로 더는 아프지 말자 약속했네

달리던 자동차 멈칫거려 밖을 내다보니
나무가 섰던 자리 길이 되었네

서로의 시간을 혼자 끌어안고 사라진 계절을 생각하네
어느 계절에 태어난 나무일까
어디로 갔을까

생각하네, 그 나무

엉엉 우는 여자를 본 두 여자

한 여자 길모퉁이에 주저앉아
대책 없이 엉엉 울었네

아무리 슬픈 일이 있어도
난 길에서 저렇게 엉엉 울지는 못하겠던데
젊은 여자가 말했네

아! 슬픈 일이 생겼네, 이제부터 엉엉 울어야지
그렇게 생각하고 우는 엉엉울음은 없어요
늙은 여자가 말했네

아랑곳없이 울음을 소리치는 여자는
살면서 이제껏 없었던 슬픔을 맞은 걸까요?
젊은 그녀가 말했네

엉엉울음을 불러오는 슬픔은 속수무책
사람마다 다르겠지만 저리 울지는 말아요
늙은 그녀가 말했네
〉

아프카니스탄의 여자들이 뉴스에 나온 날이었네

두 여자 나란히
엉엉 우는 여자 곁을 지나치며
소리 죽여 울었네

아니와 응

조금 멀리서 응이 뙤약볕에 앉아 있었어
물렁한 토마토가 치맛자락에 햇살을 보듬고
여러 갈래의 길들을 노래했어
어디든 가도 좋아
응이 말렸어
하지만 토마토는 벌써 아니로 달리고 있었지
길들도 나서서 말렸어
아니를 멀리해야 해
넘어지고 말 거야
울퉁불퉁 생각이 많은 응이 발목을 낚아채며
길의 경고를 거들었지
한 몸이던 응과 아니의 걸음이 엉켜 넘어졌지
길을 거역할 수는 없어
으깨진 토마토가 주저앉아 울었어
아니가 다가와 모래알 박힌 토마토를 어르며
귓전에 나지막이 속삭였어
울지 마, 나는 언제나 너와 함께야
버둥대던 응이 아니를 아니란 듯 째려보았지
아니에 응이 설핏설핏 섞여 있었어

아니가 들어서는 만큼 웅과 자리바꿈을 했지
길들이 안타까이 바라보고 있었지만
모두 그냥 길이었어
아까시 향이 울렁거리는
이른 여름 낮이었어

끈에 관한 농담

끈은 끝과 다르며 같다
이어 쓰거나 끊어 쓰는 것이다

우리를 맺은 것도 인연이라는 끈
풀며 가는 "ㄴ"과 "ㅌ"의 사이가 아직은 남았다

풀어 쓴다

나아지는 것도 아니지만 좋아지는 것도 아니지만
변하지 않는 것으로도 고마운 날

끈의 운을 다 쓴 저녁의 자막 뉴스를 본다

훈련인 줄 알고 참전한 젊은 군인의 끝
마당 낙탄으로 사망한 아내를 바라보는 노인의 끝
끝을 조롱하는 자들이 비웃는 낙담한 포로의 끝
힘없는 끈만 모자이크 처리되어 죽어 나갔다
아무렇게나 끊어버린 끈들은 너덜너덜 끝이 났다
〉

공포가 몰려오는 쪽으로 뉴스가 달려가는 동안
구경꾼들은 반대쪽으로 달아나기 시작했다

나는 쥐가 난 종아리를 붙들고 어쩔 줄 몰라 쩔쩔매고
고맙게도 당신은 달아나지 않았다

끈의 끝을 함께 바라보며 웃을 수 있는 건 다행이다

끈은
이어 쓰거나 풀어 쓰는 거지만, 끊어 쓰는 게 맞다

언젠가 우리도 한 번은

중복

지금 종복을 막 지났는데요
아니, 중복
아이, 참! 중복을 지났……! 네
곧, 갈 거예요
근데, 비가 좀 자주 내려요
거반은 녹아서 반쪽이네요
이젠 우리가 서로 스쳐 지나도
알아볼 수 없을 것 같아요
어쩌겠어요, 여름이었던 걸
어쩌면 영영
다신 못 볼지도 모르겠어요
알아보지 못하는 탓일 테죠
어쩌겠어요
눈물이 짠 소금 인형인 것을
지금 막 종복을 지났는데요
갖다 붙이지 좀 말아요
알아요, 알아! 중복
오늘도 비가 내릴 거라네요
짠맛이 조금 도는

어떤 변절

뭔가 있다 모든 사안에는 의도된 뭔가가 이면에 도사리고 있다 진실은 아무도 모른다 모른다는 사실 하나만 진실이다 모든 죽음은 우연이고 음모란 없다고 논하다 피 튀기다 한잔하다 화해하다 한잔하다 안녕하고 돌아서는 숨은 진실 따윈 없다고 침 튀기며 논하던 고학력 저임금의 청년들이 취미와 밥줄의 균형을 위해 동호회 탈퇴를 선언하고 쥐도 새도 모르게 사라진다 알면서 말하지 않는 자 혹은 못 하는 자 모르면서 말하는 자 혹은 공상가 누구에게 물어볼까 메아리 넘실대는 동호회에 계절별 산행이 유행하고 첫사랑을 지분대며 끼리끼리 재잘거릴 때 자살과 타살의 경계를 항해하는 침몰한 배에 대한 이야기는 아무도 하지 않는다

휜 나무

내 창문틀 속 풍경에는
세상 바람을 저 혼자 다 진 듯 등골 휜 나무가 있어

산들바람에도 별나게 위태해 보이는 거야

열어두었던 창문을 닫으려다
바람 심상찮은 하늘을 보고 곧 비 쏟겠다 하던 참에
이파리만 살랑거리며 선 다른 나무들과는 딴판으로
그 나무만 심하게 기울어 흔들리고 있었지

시퍼렇게 골난 바람이 한 번 지날 때마다
아이고 허리야
아이고 다리야
두 팔을 저으며 동네를 활보하는 대장할머니 같았어

가만히 보니 딴 나무들의 바람막이가 되고 있더라니

밤새 비바람 몰아치고 간 아침
다시 나무를 살펴보려고 창문을 열었지
〉

바람받이 휜 나무는 잎이며 가지들이 많이 상했는데
뒤쪽 작은 나무 열매들은,
말간 얼굴로 눈 말똥말똥
말끄러미 휜 나무를 올려다보고 있는 거야

휜 나무가 선산 지킨다는 말 그거 괜한 말 아니더라고

오늘은 저 나무 아래서 잠깐 쉬어갈까 해

주도권

나의 봄에는 내 규칙을 따르기 바란다
물은 무조건 일주일에 한 번이다

거기 여리여리한 시클라멘, 알아들었나
매사 지나치게 까탈스러운 너희는
남의 비밀 속삭이길 즐기는 너희는
언제나 자기 기분에만 충실한 너희는
며칠을 참지 못하고 시들어버리는 너희는
각자 잘 살아남도록

거기 들러리 산호수, 알아들었나
어제 죽어 나간 꽃양난 곁에
죽은 자의 집이 된 도자기 속에
플라스틱 화분 채로 들어앉아 있던 너
매일 나처럼 구겨진 잠을 잤을 테지
끝까지 살아남도록

나의 애인들, 알아들었나
나의 봄에선 보채지 말 것, 규칙을 따를 것
〉

누군가는 사라지고
또 목마른 자가 다녀갈 테지

물은 무조건 일주일에 한 번이다

쥐잡기 요령

생각 따위는 멀리 보내세요
잡을 수 없는 것에는 매달리지 말아요

너는 걱정만 하지
보들보들한 머리로는 자꾸 거짓말을 들키고
나쁜 소문처럼 달려와선 제 얘기만 하지

비틀리는 육포 같은 근육을 좀 풀어주세요
가만가만 아니고 꽉꽉

벗어나려 하면 불쌍한 표정으로 다가서고
멀어지면 울며 달려와 매달리지

이런 거 말고
찐득찐득 들러붙는 저걸 한 방에 보내는
그런 약 어디 없나요

넌 참, 사람 무안하게 하는 재주가 있구나
너를 너무 생각해도 생각하지 않아도 안 돼
〉

붉은 작약의 효능을 드셔보세요
듣는 사람에게만 듣는다는 명약이지요

뾰족한 너, 차가운 너
안 돼
쉼 없이 탭댄스를 추는 쥐새끼 같은 너 안 돼

요령부득의 생각은 그만, 멈춰요
이제 놓아줘요

허울

그녀에게 방은 코르셋
보름달이 뜰 때마다 큰 방으로 옮겨보는 편이지만
몸피듦이 커지는 속도를 따라잡을 수가 없다
그녀는 자신이 언젠가 자기 방에 갇혀 압사하게 될 거란
불안을 놓아본 적이 없다

그녀는 자신을 게라고 생각한다
그녀를 위한 수족관을 벌써 여러 차례 바꾸어 들였지만
방에 대한 불만은 해소되지 않았다
그것은 그녀가 수족관을 대놓고 탈출하는 빌미가 되었다

그가 큰맘 먹고 육십 개월 할부로 자동차를 계약하고
온 날
  미안했던지, 평소 엄두도 못 내던 비싼 먹이를 함께 사
왔다

그날 밤부터 속살이 오르더니
  게딱지가 말랑해지더니 뽀얗고 보드라운 털마저 자랐다
  열 개의 다리 외에 유난히 길고 뾰족한 두 개의 귀도 더
생겼다

60

귀만 보면 영락없는 토끼
토실토실 생각이 오른 그녀의 방이 또 좁아졌다

그가 더 큰 수족관을 들이기 위해 출근한 사이
오디오 볼륨을 한껏 올려놓고 그의 침대 위에서 춤을
추었다
어라, 이건 스윙도 가능하다

퇴근해서 돌아온 그가 얼핏 마주한 건 빈 수족관이다
내가 오늘은 기필코 찜통에 처넣으리라
말은 그렇게 해도 어디 게거품 물고 쓰러진 건 아닐까
걱정이 먼저였다
설마 하는 심정으로 욕실 문을 열었다

토끼 한 마리가 한 손에 와인잔을 들고
배 위에 몽실거리는 버블바스 거품을 안고 누워 있었다
그는 그 자리에 주저앉아 멍하니 그녀를 바라보았다
그녀가 샤워 타월을 걸치고 옆걸음으로 기어 나와선
유유히, 그를 타넘어 자기 코르셋으로 들어가고 있었다

귀

남편은 늘 케첩을 케참이라 하고 어머닌 리모컨을 레미콘이라 한다. 언제부터인가 그이의 케참이 거슬리지 않고 레미콘 가져오라는 어머니께 리모컨을 갖다 드린다.

큰소리를 내지 않으면서도 싸움을 잘하는 사람은 귓불이 길게 늘어졌다. 그이나 나나 귓불이 짧은 데다 순하지 않은 귀는 늘 싸움의 시작이다.

몸이 시비를 걸어올 때면 귀가 제일 먼저 반응한다. 그럴 때면 무지개색 귓불을 믹서기에 갈거나 딱딱한 신경 한 다발을 꺾어 귓구멍에 꽂아 돌리는 놀이를 한다.

어디에서도 판매되지 않는 가래나무잎차를 달여 마신다. 나는 너무 일찍 죽지는 말자고 다짐하며 거울 앞에 서서 없는 귀를 열심히 들여다본다.

머리에 검은 뿔이 두 개인 말레피센트*를 본 다음 날 피그말레온을 보았다고 했다. 귀가 빨개지도록 웃는 사람에게 피그말리온** 효과가 충만한 영화였다고 둘러댔다.

* 샤를 페로의 동화 『잠자는 숲속의 미녀』에 나오는 악한 요정. 디즈니영
화 〈말레피센트〉는 잠자는 숲속의 미녀가 주인공이 아니라 말레피센트
가 주인공이다.

** 그리스신화. 조각상을 사랑한 조각가. 자기충족적 예언 효과.

비누 도둑

작고 단단한 여자의 욕실장에는
쓰지도 않는 일 년 치 열두 개의 꽃 비누가 차곡차곡 들
었다

자궁 적출 수술을 받고부터
그날만 되면 여자는 이해할 수 없는 갈망으로 손톱이
물렀다

비누를 훔친다
훔치는 것으로 공복을 넘어간다

핑크빛 꽃무늬 작은 종이 상자 속 꽃 비누를
단단히 몸을 웅크리고 들어앉은 제 속의 여자를 슬쩍
담는다

독毒인 줄 알면서 먹는 푸르른 쾌감에 솜털까지 떨리는
것을
사라진 자궁 막에서 미끄럼 타는 환상 놀이를 포기할
수 없다
〉

부드러운, 살 떨리게 매끄러운, 아아 그 아득한 향의 나
락을

비누를 욕실 장에 들인 날이면 먹는 족족 딸꾹질이 나요
딸꾹거릴 때마다 비눗방울이 퐁퐁 솟아올라
하늘로 올라가는 꿈을 꾸어요
그러곤 울어버려요
여자를 잃은 여자는 거품이에요
스러져요

모든 여자의 욕실 장에는 남모르게 감추어둔 꽃 비누가
있다

당신의 여자를 가만히 들여다보라
그 투명한 비눗방울을

시집 전문서점 실비아

국가의 시집 판매처는 시집 전문서점 한 곳으로 정리되었다.

이 시집 전문서점을 운영하는 그녀의 닉네임은 실비아, 가스를 틀어놓고 자살한 시인 실비아 플러스의 시를 좋아해서 붙인 이름이다. 국내 최초로 시집만 전문으로 판매하는 공인 서점이다. 이곳의 책은 모두 랩에 싸여 있다. 시집 속의 시가 아무리 궁금해도 월간 여성동아처럼 읽을 수 없다. 시인들은 시집을 낼 때마다 판매 전 비공개 동의서에 의무적으로 서명해야 한다. 이에 따라 시인 동의 없이 인터넷에 퍼 나르는 행위 또한 금지. SNS엔 시인과 광고업자만이 단 한 편의 시를 올릴 수 있다. 랩을 몰래 뜯다가 들킨 자는 그 자리에서 시집 값의 천 배를 지불해야 하며 불이행 시엔 사법적인 조치를 감수해야 한다. 시집을 훔치는 자는 즉각 구속이다. 이런 범죄 행위를 눈감아주거나 뒷거래하는 점주는 바로 폐업처분 대상이고 감시는 아르바이트생으로 위장한 국가기관원이 맡는다. 종합서점은 아예 판매대에서 시집 코너를 없앴다. 물론 인터넷 판매는 가능하다. 하얀 택배 박스에 은박 로고가 새겨진 실비아. 시집의 랩을 조심조심 벗기며 언박싱 과정을 담아

올리는 백만 조회수 유튜버도 생겨났다. 이때도 표4나 시인의 말을 함부로 공개할 수 없다. 국회는 이 나라의 모든 시는 오직 시집으로만 접할 수 있다는 법안을 만장일치로 통과시켰다. 부활한 반국가단체는 시집 천 권당 소요되는 나무의 수를 공개하며 반대 시위에 나섰지만 시위는 시위로 끝났다. 달라진 거라곤 시를 안 읽어도 사는 데 아무런 지장이 없고 오히려 시집은 사는 데 불필요한 물건이라는 인식이 늘어갔다. 결국 시집을 사서 시를 읽는 무리는 시인이거나 시인 지망생으로 압축되었다. 시인이 다른 시인의 시를 읽으려면 시집 값을 벌기 위해 밤낮없이 시를 써서 팔거나 다른 일을 찾아야 했고 그건 시인 지망생도 마찬가지였다. 시인도 시인 지망생도 녹록지 않은 이런 삶의 패턴에 지쳐 시를 포기하는 이들이 생겨났다. 그런 까닭에 소설이나 동화 또는 시나리오로 갈아타는 이들이 늘었다. 그렇게 실비아의 매출은 줄어들고 시 아니면 죽음을 달라며 투신하는 이들이 생기기도 했다. 문학인 대비 시인 점유율을 현격히 줄인 데 대한 공헌도를 높이 평가받은 실비아는 정부로부터 스스로 써 올린 공적서로 상을 받았다. 부상은 랩핑 없는 시집 천만 권이었다. 실비아는 시집을 팔기 위해 랩핑할 아르바이트생을 모집했다. 시인 지망생들이 몰려들어 아르바이트를 하며 슬쩍슬쩍 시를 훔치는 눈치였지만 자기 기쁨에 도취한 실비아가 눈을 감아주었고 이를 눈치챈 기관원이 포함된 아르바이트생 중

누군가의 고발로 서점은 폐업처분이 내려졌다. 이렇게 해서 국내 최초의 시집 전문서점이었던 실비아가 지상에서 아주 안전하고 완벽하게 사라져버렸다.

그 뒤로, 시인은 어디서도 발견되지 않았다, 시집은 위험한 사물임이 분명해졌다.

3부

약藥사리고개

하루치 사랑을 매일 들켰네
당신으로 내 눈은 가려졌네

더듬거리며 고개를 넘는 동안
우리 속눈썹은 희끗해졌네

더디 아팠네

비결을 묻길래
나는 사랑이라 답했고
당신은 불우했던 청춘이라 답했네
마주보고 웃었네

눈먼 상사화
한갓진 오후를 넘어가고 있었네

가을의 환幻

무서리 내린 후
복숭아나무 이마 쓸어주며
미역 대신 감사비료 휘휘 뿌려주는
과수밭 농부 발아래
개여뀌 한 무리
꽃다발처럼 놓여 있다

일요일의 감자꽃

장밋빛 샌들 사 들고 간, 서면 신매리 동생네
감자밭으로 둘러싸인 집에는 열한 살 '쎄쎄'꽃이 피었다

작은 꽃에 샌들을 신기고 감자꽃밭을 소풍한다
쎄쎄와 나, 하얀 나비 둘

- 그거 아니? 감자는 꽃을 따주어야 알이 굵어진대
하고 난 말끝이 서늘해
이젠 배가 뜨지 않는 강 건너 시내, 옛날 뱃터께를 바라
본다

서면에서 씨알이 굵어진,
어서 어른이 되고 싶었던 아이들은 저 뱃길로 사라져갔지

그냥 시내라 부르던 춘천을 떠나지 못하고
일요일이면 여전히 서면을 맴도는 나는
새벽 강가 서리서리 떠도는 안개가 되어도 좋겠다

꺾어주지 않았던 감자꽃, 그래서 제대로 굵어보진 못했

지만
　그래도 크게 웃는 날 참 많았으니
　쎄쎄! 우린 감자꽃으로만 한철 잘 지내보는 거야

　일요일 감자밭에는 감자꽃 두 송이가 늘었다 줄었다
하였다

파리풀꽃

나는 파리
꽃 가까이서 함께 지내고 싶었네
꽃향기와 어울리는
나비 분장을 했네
당신은 잘도 속아주었네
속아서 아름다운 꽃으로 피었네
나는 파리
당신은 작은 꽃
처음에는 꽃이면 마냥 다 좋았네
당신이 아니라도 괜찮았네
당신을 만나는 순간
솜씨 좋은 분장사가 되고 싶었네
당신이 웃으면 그것으로 좋았네
그러는 날마다
당신은 여전히 꽃인데
나도 모르게 나는 지치고 있었네
될 대로 되라지
지나치게 큰 날개를 벗기로 했네
당신은 아랑곳하지 않았네

작은 날갯짓도 웽웽거리는 소리도
앙증맞아 귀엽다고 했네
당신이 나를 닮아갔네
우리는 사라진 날개처럼 불안했네
알 수 없는 미래를 조금 쉬고 싶었네
당신은 나의 부재를 못 견뎌 했고
시들시들 앓았네
나는 파리
당신을 꽃으로 남게 해주고 싶었네
고백했네
나는 당신이 지겨워

사랑이었네

청평사 산책

최대한 무의미한 하루를 지내자고 나선 길

"고려 때, 이자현이란 사람이 여기서 도를 닦았단다"
푸른 이끼를 입고 선 부도 앞에 정지해 서 있는
여섯 살 아들
"그 사람이 이 돌을 다 닦았구나, 엄마!"

돌을 닦는 거나 도를 닦는 거나,
여섯 살의 엄마였다

문 닫은 식당 집 고양이들이
길바닥에 늘어진 볕을 쬐며 사람이 다가가도 꼼짝하지
않는
수족관 빙어 떼만 격렬히 햇살 튕겨내는 사하촌의 겨울

거기쯤으로
오늘 지나온 걸음들이 자꾸 되감기다 다시 풀렸다

문득, 스무 해를 건너뛰어

수염 까슬까슬한 아들이 회전문 안으로 훌쩍 들어섰다
회전문이 환했다
건강 기원 초에 불을 다려주었다

숨만 쉬어도 산 것들의 의미가 되어가던 식구들

식구는
새해 아침으로, 산지 불명의 산채 나물을 곁들인 밥을
공들여 아주 오래 천천히 먹었다

기우는 해가 산등성이를 느리게 밀어내 저물 때까지
나는
푹푹 빠지는 눈밭에다 걸음을 묻으며 돌아왔다

4월의 눈*

꽃잎 위에 저문 별들
하얗게 내려앉네

지금은 그저
아름다워도 좋을 시간
아름다움은
다시 태어나는 단꿈 같은 것
매일 마지막 춤을 추는
그 겨울의 햇살 같은 것

하루씩만 살아야지
어제까지만 슬퍼야지
아득한 마음 너머
아주 잊어버리진 말라고
내 봄날의 저녁 창가
그대는 느린 눈으로
느린 눈으로 오시네

* 바리톤 김민성이 부른 아트팝 가곡 〈후애(厚愛)〉의 원작.

시詩

눈 뜨자마자 도착해 있는
세상에서 가장 빠른 편지

슬픈 눈으로 마주해야 하는
인사말, 굿모닝의 그림자

길든 짧든
'사랑해' 단 한마디

허투루 존재하지 않는
당신의 하루 같은 행간들

받기는 내가 받는데
누구나 읽어도 좋을 노래

새벽 머리맡에 두고 사는
생의 알람, 일어나.

응.

슬픈 긍정 1

접시 물에 담가놓은 무 꼭지에서 장다리꽃이 피었습니다

작금의 이 한심한 형국에 설마 꽃이 피겠어?
하면서도

나는 어느 결엔가 물을 갈아주고 있었습니다

슬픈 긍정 2

해몽을 본다

입 안에 오물거리던 이 하나를 톡 뱉었다
잠시 후, 다른 이들도 힘없이 무너져 내렸다

아프지 않아 더 서운하다

후드득 뱉어놓으니 손바닥에 하나 가득
입 속이 시원하다

윗니가 빠지면 윗사람이
아랫니가 빠지면 아랫사람이

이가 몽땅 빠지는 꿈을 뒤적이는데

만사형통할 징조라고 누군가 써놓았을 것 같다

새벽에 온 바다

새벽에 온, 두 글자 문자 메시지
바 다

받으라는 건지, 가자는 건지, 갔다는 건지

그 새벽 나 빼고
바다로 떠난 백상아리들
책임 회피성 말의 밑밥을 깔고 떠났다

알고 나면 부러워 죽으라는 말씀

저녁 선술집에서
옆 테이블의 초면인 사람은 이미 취해서
삼백안을 하고 무당처럼 삿대질인데

행갈이만 하면 다 시인이냐
당신이 무슨 시인이야, 시인 아니야, 딸꾹!

'바다'하면 바다 가잔 줄 알아야지

바다에 사는 시인이 거들었다

나는 조용히 일어나 출입문을 나서다
사뿐히 돌아서 말밥을 얹고야 말았다

내륙의 별이 유난히 광휘로운 저녁입니다

어디쯤이건 어디에 있건

그 겨울, 페루에 가서 죽은 새들을 애도하며 울던 청춘
들은 소녀의 방에 깔려 있던 초록색 페르시안 카펫을 타
고 시인의 방으로 날아가 빨간색 물감을 풀어 해장라면
을 끓여 먹고 딸기가 들어 있지 않은 딸기 우유를 한 모금
씩 나눠 마시며 첫눈을 기다렸지

눈이야, 첫눈이 와!

애인과 이별한 선배는 달그락거리는 봉지를 들고 와 머
리 위에 내려앉은 슬픔을 털어냈고 우리는 밤새 이 생의
슬픔을 견디는 법을 노래했지

어디쯤이었더라, 속도를 줄인다

아주는 아니고 잠깐
아니면 때때로
생의 어느 날이 미치게 그리워지는 시간
잃어버린 줄도 모르고 있다가 문득 찾는다는 게 염치없지
눈에 보이지 않는데도 꼭 어딘가에 있을 것 같아서

살면서 한 번은 찾지 않겠나 저만치 쟁여두는 버릇
여분의 단추를 한 번도 쓴 적 없으면서도
단추통이 넘치도록 버리지 못하는 자의 감이라고 해두지

봄여름 없이 겨울 다음에 바로 가을
가을항아리에 자주색 소국을 한아름 꽂아놓고 흰쥐를
기르기 시작했지

어디쯤이건 어디에 있건
버리지만 않으면 다시 만나게 되는
강철 단추
찾았다!

이팝나무꽃 젯밥

할아버지 제상 옆 소반에 올려진
지방 하나 올리지 못한 대접의 메와 탕국
큰댁 오빠가 일러준, 무자無子하신 조상님들 상이란다

육이오 때, 밥 짓던 아궁이 앞에서 폭격으로 돌아가셨다는
새댁 할머니 얘기가 마른 눈물 자국처럼 시렸는데
지금 밖에는 이팝나무꽃이 한창인데
배곯지 마시라 했다

무자식 상팔자라더니
비혼은 늘고
새로 태어나는 아기들은 줄고
밥의 기록은 꽃으로 읽히는 세상이 되었으니

이팝나무꽃 서러운 밥풀 서너 개 떼어다가
하루는 용서에
하루는 평등에
하루는 희망에

이것도 다 먹자고 하는 짓인데
부디 배곯지 마시라 했다

흰 이밥 같은 이 방점에
흐드러진 밥알을, 한 사흘은 가도록 붙여두고 싶었다

미생未生

장백기가 선배를 찾아가 미션 물건을 팝니다 샤프하게 생긴 장백기가 비싼 값에 사주시면 좋지요~ 드라마 속에서 느물거립니다

오래전 갓 입사한 내게도 비슷한 임무가 떨어져 당시 좀 살던 친척을 찾아가 이차저차 오게 된 경위만 설명하고 그러니까 사주세요~ 했던 기억이 납니다 친척 어른은 차분히 듣고 계시더니 자, 알았고! 나한테 제대로 한번 팔아봐라! 하시더군요 파는 법은커녕 뭘 팔아야 하는지도 모르던 나는 장백기마냥 그냥 사주셨으면 좋겠어요~ 웃음을 날립니다

그따위 정신머리로 이 험한 세상을 어떻게 헤쳐 나가려 하느냐, 요샌 젊어서 고생 웬만하면 안 한다는데 너는 고생 좀 해봐야겠구나! 호통이 비아냥의 칼을 타고 아슬아슬 폐부를 찔러오는 것인데 침 마른 목구멍으로 깔딱깔딱 솟구치는 관두시라는 말, 참았지요, 참았습니다 어찌되었든 사주시긴 했어요 예의상 인사만 던지고 휘청휘청 내뺐던 인생의 초년기를 꺼내봅니다

〉

그날 이후 치열하게 도전하고 성취하며 살리라 마음먹었으면 좋았으련만 나는 영업營業, 사람의 마음을 움직여서 물건을 팔아야 먹고 사는 일은 하지 않겠다고 다짐했습니다 언제나 뒷북치듯 깨닫습니다 거기서 벗어나는 일은 없다고

어리바리 세계관

어리바리가 영어로 뭐예요?

우리말을 잘하는 캐나다 사람이 미국식과 영국식 발음을 구분해가며 알려줬지만 도무지 어떤 차이인지 알 수 없던 내게 그가 결혼했냐고 물었다. 나는 예스! 유창하게 예스라고 대답했다. 손가락에 결혼반지가 없다며 자기 약지를 가리키는 그에게, 영어를 잘하려면 현지인과 연애를 하면 된다고 말하는 그에게, 클럼지하게 웃어주었다. 그 뒤로 다시는 어학원에 가지 않았고 제 발로 영포 세대에 합류했다.

어리바리 시인

문화제 관광을 온 관광객들은 시엔 도통 관심이 없고, 관객과 함께하는 낭독은 씩씩한 안내 스텝과 수줍음을 많이 타는 무대 설치 기사가 대신했다. 심술궂게 일렁이는 예체능의 콜라보로 지은 야외 천막. 시가 비에 젖었다. 전에 시인이었던 시인들과 아직 시인인 시인들이 우비를 입고 늦게 몰려왔다. 시가 충분히 젖을 무렵이었다. 처음부터 다시 시작하기로 했다, 기꺼이. 차례가 되어 한껏 우아한 걸음걸이로 시 낭독을 위한 단을 향해 걸어 나가려다, 단의 턱에 걸려 고꾸라졌다.

넌 좀 어리바리하잖아!

때로 사랑은 리셋되지 않는 게임 같아서. '조금만 더' '조금만 더' 하다가 처절한 독박을 쓰곤 했다. 그 게임이 명백히 패배한 게임이란 걸 인정하기까지 드는 시간과 열정이면 무엇이 되었어도 되었겠다. 당장에 왜 스톱을 과감히 선언하지 못했을까. 헤어짐 없이 헤어져봐야 사랑이 사랑인 줄 안다고? 고우! 우산도 없이 혼자 남겨져 비바람이 몰아치는 아침을 맞아보아야, 거르지 않고 날마다 참회의 기도를 올리는 자들의 새벽을 이해할 수가 있다.

어리바리하는 사이

상대가 무심코 뱉은 말에 상처받아, 남몰래 울어본 사람은 사람들 앞에서 먼저 말을 꺼리는 경향이 있다. 자존감 하락이라는 전문 용어가 창문이 없는 방 의자 위에 오래 웅크리고 앉아 있다. 갈등 없이 지내는 날들이 '건강에 득이 될 거'라는 문장이 '건강에 독이 될 거'라는 문장으로 읽히던 밤, 어제 내가 몰래 버린 친구는 어느새 돌아와

내 친구로 소개되고, 아뿔싸, 말 때문에 망한 정치인들의
흑백 선전 문구가 현수막으로 내걸렸다.

어리바리보다 더 싫은 말

진정성이라는 말이 호흡기 질환처럼 빠르게 거리로 번
져나갔다. 진정성이라는 말을 진정성 없이 쓰는 사람이
진정 진정성 없는 사람일진저. 좋은 뜻의 말로도 우리는
얼마든지 잘 다툴 수 있다. 어머나! 당신은 왜 하필 내가
싫어하는 단어를 쓰나요? 궁금하지도 않은 걸 물어보는
나와 대답하지 않는 당신. 대답을 하지 않아도 하나도 이
상하지 않은 나와 또 아무 질문도 하지 않는 당신. 우리가
만약 결혼을 하지 않았다면 제법 잘 어울리는 바퀴벌레
한 쌍이 될 수도 있었을 텐데, 그렇지?

어리바리 시낭송회 잘 봤어요

"당신들 참 귀엽게 놀더라." 친한 오빠에게 까부는 여동
생 같은 말투였지만, 그 말을 하는 그녀는 내가 좋아하는
시를 쓴 아주아주 유명한 여자 시인보다 키가 작고 못생
겼다. '그녀가 시인이 아니었으면 좋겠네' 생각을 하며 나

는 이해심이 아주 후한 언니 미소를 지어 보여주었다. 아이큐 높은 소시오패스 같은 저녁이 우아한 걸음으로 걸어와 내 앞에 멈추어 서선 "오늘은 당신이 제일 훌륭한 어리바리 역을 했어!"라며 금방이라도 내게 가운데 손가락을 들어줄 것 같은 날씨였다.

어리바리 썼으니 이제 지워볼까

꽃 축제 마당을 갈아엎었다. 매일 천 단위 죽음을 보도하는 뉴스를 보며 저녁밥을 먹는다. 지독한 말은, 꽃은 아름답다는 말에 취해 돌아치지 않는 벌, '하늘이 아름답다'를 남발해도 지워지지 않는 어리바리한 저. 나는 한낮의 산책을 미리 마치고, 낮밤이 바뀐 아이들이 휴대폰을 손에 든 채 잠든 낮잠을 말없이 바라보며 서 있고, 그 사이 어리바리 철쭉이 꽃망울을 터트렸다. 한 번도 깊어본 적이 없던 봄이 유난히 깊어 길게 이어지고 있었다. 방금 희고 크게 벌은 목련꽃 나뭇가지 사이로 멧비둘기 한 쌍이 서럽게 울며 지나간 것 같기도 했는데.

잘 지워졌을까.

신비의 도시

서울 시인과 강릉 시인이
춘천에서 만나 안개를 마시고 85도로 꺾어져
새벽 해장국집에 들러 안개 세 개를 더 마셨다

136도로 꺾여 쏟아졌다

강릉 시인에게선 바다풀 냄새가 나고
서울 시인에게선 해쓱한 나프탈렌 냄새가 났다

우연히 합석한 춘천 시인은 좌선坐禪 중이었다

먹은 거라곤 술밖에 없는 묽어빠진 시인 둘이
이구동성 노래를 불렀다
춘천은 안개의 도시야
춘천은 신비의 도시야

지금에 와 춘천 시인은 생각한다
그때 신비고 나발이고 달아났어야 옳았지
달아나봤자 안개 속이었겠지만

4부

꿈과 춤

서랍장이 열리자 옷들이 기지개를 켠다
신발장이 열리고 새 신발이 걸어 나온다
어둠을 스치는 가벼운 소리가 방 가운데로 모여들었다
무대 중앙으로 둥글고 환한 불이 들어왔다
바닥에는 꽃무늬 원피스가 길게 누워 있다

눈 꼭 감고 일러주었다
나는 이제 춤을 추지 않아
물결 흐르듯 스텝을 밟던 젊은 날은 이제 없다

바다에 떠 있던 침대가 가라앉는다
옷장을 정리하다 침대 위에 펼쳐둔 당신의 옷과 함께
섞였다
바다색 니트의 젖은 무게에 눌려 도통 일어날 수가 없다
겨울의 잠은 오래 축축하다
작은 방에 접어 널어둔 덜 마른 빨래 같다
풀지 않은 채 접어두었던 마음 같다
눈 뜨면 마주치는 만만찮은 현실 같다
〉

꿈이 수정되었다
검은 실크 바지와 흰 무지 시폰블라우스
춤을 일으켜 세우기에 맞춤한 것들
꿈과 춤의 'ㅁ'이 그리움을 딛고 서서 아는 체를 한다
'당신 보고 싶다'는 쉬운 말이 입 밖으로 나오지 않는다
침묵의 메시지는 지나치게 강렬하거나 어렵다

오늘은 발등을 밟히더라도 당신에게
춤 한 수 배워야겠다

두부를 만들다

살살 저어가며 서서히 중불에 끓여야 해요
한순간이라도 자리를 뜨면 곤란해져요
허연 거품을 물고 순식간에 넘쳐버리니까요
그이 같지요
한 번 끓어 넘칠라치면
뒤치다꺼리가 이만저만 예삿일이 아니에요
다 늦게야 뭐, 한 번쯤 끓어 넘겨보는 것도
그리 나쁘지는 않아요
이제 불을 줄이고
간수를 살살 흘려 넣고 가만히 저어볼게요
첫날 같아요, 그렇지요
뽀얗던 국물이 몽글몽글 응어리지고 있어요
그만 되었다 싶으면 틀에 부어야지요
구멍이 송송한 스테인리스 틀에 면보를 깔고
오동나무 누르미를 살짝 얹어주어야 해요
새색시 머리 올려주듯, 그래요
면보를 살그머니 열어보려는 순간
에구머니, 오톨도톨 구멍 따라 못생긴 얼굴도
저도 그랬는지 화들짝 놀라네요
〉

같이 놀라 깔깔거려요

그렇게 잘 불린 불혹不惑을 매일 믹서에 갈아요
별일은 아니에요

이상한 영농 일지

야시시夜時施 복숭아

새벽에 일어나기 힘들어서 밤에 복숭아를 따기로 함. 밤 한 시에 복숭아 따러 나갔더니 멧돼지가 복숭아를 먹고 있음. 먹던 거 먹을 시간을 좀 더 주고 쫓음. 포수들이 무리 중 한 마리를 놓쳤다더니 그놈인 거 같음. 놈이 낮은 데 것을 따 먹어줘서 위에 달린 복숭아 알이 더 굵어졌다고 봄.

저절로 유기농 사과

여름에 복숭아 농사짓느라 사과는 신경 못 씀. 껍질 색깔도 곱지 않고 거칠거칠한 것이 이번 사과는 망함. 하나 따 먹어봤는데 다행히 맛은 달콤 아삭함. 싼값에라도 팔 수 있겠음. 새 쫓으려고 꼭두새벽부터 나왔는데 까마귀 두 놈이 벌써 사과를 쪼아 먹고는 주뒈이를 닦고 있음. 전 같으면 씻어 먹어라, 비 온 뒤에 먹어라. 냅다 소리를 질렀을 텐데 올해는 가만 내버려둠.

초록초록 초록배

식구들 먹자고 심은 배라 신경 안 씀. 다 익은 초록색

배는 처음 본다며 소비자 반응이 좋음. 생각보다 많이 열림. 고라니 한 마리가 옴. 다음날 즈 식구들을 다 데리고 옴. 쫓아내면서 사냥꾼한테 잡히지 말라고 소리침. 어린 복숭아나무만 망가뜨리지 않았으면 따먹게 됐을 텐데. 혼잣말함.

벌레 먹은 자두

아내는 자두가 익으면 복숭아 팔아주는 영희네 집에 갖다 줄 생각부터 함. 자두가 올해도 탐스럽게 열렸길래 한 입 냉큼 베어 묾. 뭔가 물컹 씁사래한 맛이 느껴짐. 뽀얀 속살을 벌레들이 다 헤쳐놓음. 다른 것도 베어 물어보니 오동통 살 오른 벌레가 점령하였음. 한마디로 망함. 벌레 집에 관한 얘길 했더니 시인 아내의 눈이 초롱초롱해짐.

철딱서니 시인.

비법祕法

1
맛이 끝내준다는 생선요리 전문점
같이 간 그가, 이 집 아르바이트를 한 적이 있대서
비법을 물으니
아, 이건 정말 말하면 안 되는데 하며 미*이란다
그런 말은 나도 하겠소 하니
모르는 소리 말라며
조미료의 투척 양과 시점이 비법이라는 것
한 꼬집으론 안 되고 한 국자 푹 떠 넣어야 하고
끓기 시작하거나 끓는 중간에 넣어도 실패
요리 시작 전 과감히 한 국자 퍼 넣고
생선을 얹는 것이 포인트
모든 조림에 적용되는 비법 중 비법이라고

2
도루묵은 국물 맛이 일품이라
아는 사람만 아는
도루묵찌개 맛이 기막히다는 지붕 낮은 막걸릿집
두런두런 사는 이야기 길어지는 동안

찌그러진 양은 냄비가 국물을 자작하게 졸였다

할머니, 여기 육수 좀 더 주세요

주인 할머니 남은 국물 양을 가늠하더니
수돗물을 한 대접 받아와 붓고 휘휘 저어놓고는
가요무대 앞으로 돌아가신다

3
지붕 낮은 막걸릿집 없어진 지 오래
그 자리에 생긴 싸고 맛있는 두루치기 명가
글루탐산나트륨에 앞다릿살을 굴려 볶는다는 소문에도
대기 줄이 길다
누군가 뒤에서 이 집의 비법은 물맛이라고 웅얼거렸다

유쾌한 제사

스물일곱 번째 시아버지 제삿날
코로나로 두 해를 모이지 못하던 식구들
스물일곱 해 전, 시아버지 하관 일에
예정일을 보름이나 앞당긴 아기가 태어났지
시아버지를 빼닮은 아기
모두, 손주를 보고 가신 거라고 위로했지
그때 당신은 사업에 실패했고 화가 많았지
두 달 동안 아기를 보지 말라는 미신을 믿었고
하루도 어기지 않고 잘도 지켰어
좋지 않은 기억의 앙금 때문인가
그 뒤로 이상하게 싸움이 잦은 제사였지
제사 때마다 늘 머리가 아팠어
주기적으로 가족 모두가 앓는 병처럼 언성이 높았지
두 해 걸러 맞이하는 제삿날
참석했으면 좋았을 조카들을 그리워하며
대체로 조용하게 제사를 준비했어
조율이시가 자손의 벼슬을 염원하는 의미라는 둥
벼슬은 말고 정규직이라도 되면 좋겠다는 둥
덕담도 제법 풍성히 차려졌지

당신이 첫 제주를 올리고 식구들도
모두 따라서 절하고 일어서는데 어딘지 허전했지
지방을 안 모신 거야
말할까 말까 망설이는 찰나 당신이 알아버렸네
아, 드디어 시작이겠구나
하는 찰나 당신의 일갈이 터졌어

"연~습!"

시아버지 웃음소리가 공중을 쩌렁쩌렁 울리고
우리가 웃었던 첫 제삿날이었네

전가복*

자, 이제부터 저녁 요리를 시작할 거예요. 퇴근이 늦어
서 미안해요. 오늘 냉장고 속 최고급 재료는 친정 엄마가
얼려놓고 가신 손질 갑오징어와 속초 중앙시장에서 사다
놓은 한 쾌에 만 원하는 가자미. 조리고 볶아볼게요. 아,
가자미는 아들이 군대에서 물리게 먹어서 싫다고 했죠.
다시 해볼게요. 봄 텃밭에 심은 호박 송송 썰고 계란 흰자
와 노른자를 분리해 마요네즈를 섞어 포슬포슬 에그 스
크램블을 만들어요. 가지와 소고기 다진 것을 굴 소스에
볶아내고 오이는 데친 갑오징어를 올린 접시에 데코만 할
거예요. 친구들이랑 여주에서 나눈 도자기 접시를 내려야
겠어요. 초장용 종지도요. 아아, 나오지 말고 쉬어요. 상차
림이 끝나면 나와야 해요. 아들은 멋진 플레이팅을 사진
에 담아 욕망의 인스타에 올려주면 되고, 당신은 가족 단
톡방에 행복을 올려주기만 해요. 식사 중의 대화는 어디
로 튈지 모르니 반드시 식사 전에 미리 알려줘요. 자, 다
되었으니 등장해요. 다 모였네요. 이제부터 각자 식기에
좋아하는 걸 담아 먹도록 해요. 감탄사는 사양해요. 어디
하루 이틀 하는 요리인가요. 예의상, 가족끼리 하는 약간
의 칭찬만 찍어 먹는 소스처럼 허용돼요. 또 그 얘기. 그

건, 안 돼요. 상사 험담을 하면 그 험담은 우리가 듣지, 상
사가 듣는 것도 아닌데. 우리가 왜 그래야 해요. 그 얘기
도 그만해요. 각자 다 알아서 잘하고 있는데 무슨 걱정이
에요. 아직 오지 않은 미래를 걱정한다고 오던 미래가 그
냥 돌아갈 리도 없고, 그런다고 걱정이 사라지지도 않아
요. 오늘은 그냥, 오늘만 이야기해요. 아, 맞다. 디저트는
어제 사다 놓은 수박을 잘라야겠어요. 설탕 주사가 아팠
을라나, 엄청 달아서 디저트로는 그만이겠어요. 먹는 데
속도를 좀 내 보아요. 나는 얼른 설거지를 마치고 운동하
러 가야 해요.

자, 이제 오늘의 복 나눔은 끝났어요. 각자 자신의 방으
로 돌아가 단란해지기로 해요.

* 전가복(全家福): 가족사진이라는 뜻으로 가족의 행복을 기원하는 중국
  요리. 그날그날 식당에서 가장 좋은 재료로 요리함.

개명改名

하다, 하다 이름을 다 원망하는 날이 옵디다

개불알꽃 같은 이름의 화자話者
복주머니란 같은 이름으로 바꾸었어요

테이블 넘어 종달음으로 달려오던
그 숱한 스키드 마크들의 갑자기 식은 열정을
절벽 앞 불 맞은 것 같은 침묵을
열없는 파안을

손금을 새로 파 운명을 바꿨다는 이도 있다던데
멀쩡한 살에 금을 긋는 것도 아니고
이름자 하나 바꿔 새로 살아보겠다는 뜻이
이렇게 어색해서야 원,

우리들의 아름다운 개명 씨
흥흥 콧노래 간드러지고, 거울 앞에서 요염하고
복스럽게 혼자 붉어지고 있어요
〉

어느새, 새 이름이 혀에 착착 감겨 달라붙고
다시 불러보는 옛 이름은 혀에서 까슬거려요
오늘은 제발
스키드 마크는 사절이에요

나의 빽

나는 조나리자
이제하 선생님이 붙이시구 최돈선 선생님이 웃으셔

문학회 가서
봉자랑 춘자랑 책내기 고스톱 치다 꺼내 든 건 말자
말짜로 발음하고 절망은 거기서 스톱이라네

낙관을 선물 받았지
박용하 시인의 시에서 달잎을 닉네임으로 빌렸는데
김주표 선생님이 멋지게 새겨주셨지
월엽月葉이라고

큰 병 진단받고 바닥을 어슬렁어슬렁 기고 있는데
이강욱 교수님이 빨강 코끼리를 들려주시고
이상한 선생은 나를 빨치산이라 부르셔

좋다, 까짓거! 그 힘으로 일어나 보자 했지

찾아오고 찾아가는 망종亡終역

첫차를 타고 온 시영이가 자꾸 우는 게 싫어서
어떻게든 살아보자 했지

나는 복녀
효화 언니가 붙이고 옥영 언니가 장단 맞춰
복녀, 복녀, 하면 진짜로 복이 오고야 마는 거

고마운 식구들아 보아라, 이게 다 내 빽이지 뭐겠어

다 같이, 빽~!
내년에도 올봄에 본 꽃들은 꼭 다시 보잔 말씀이야

자전거를 탄 오토바이

오토바이 사내가 자전거를 타고 가네
자전거보다 느린 바람이 멈추어 길을 열어주네

작은 계집애의 나팔꽃 같은 귀가
아빠 등에서 흘러나오는 노래에 매달려 있네
팔을 단단히 동여맸네

장교 점퍼를 입은 사내가 오토바이로 질주하네
옛날에서 더 옛날을 다녀오는 길이었네
어린 딸의 옛날을 학교에 내려주고 가는 거였네

(페이드 아웃 / 페이드 인)

신문 배달을 하는 새벽
장교 점퍼가 스쿠터를 몰고 덜덜대며 길을 가네

어린 딸은 밤사이 숙녀가 되었네
이제 나팔꽃처럼 매달린 귀는 사라지고 없네
오토바이를 타는 사람을 믿지 않기로 했네

오토바이로 요절한 젊은 사내와는 무관한 일이네

(디졸브)

공공 근로를 가는 자전거는 장교 점퍼가 없네
느리게 굴러다니는 자전거에 누비 점퍼를 입혔네

차에 치여서도 딸이 사준 누비 점퍼를 헛소리처럼 찾더
라는
응급실의 귀띔을 들었네

자전거를 탄 오토바이가 하늘로 날아 올라가는 걸
삐뚜름히 바라보고 섰네

슬픈 긍정 3

대머리 여가수가 되려나 봐

빠진 머리카락을 한 움큼 들고
거울 속 여자에게 흔들어 보였다

거울 속 여자가 크게 웃었다

자, 이제 제대로 슬픈 노래를 불러볼까

슬픈 긍정 4

무지개 색을 칠하고 그 위를 까맣게 덧칠하면
스크래치를 내지 않아도 무지개가 보이는 것 같아
까맣게 스며드는 시간이 보이는 것 같아

몰래 좋아했던 그 여자애가
개고기 반찬을 싸왔어
애들이 놀려댔지
여자애의 아버지는 개장수였거든
하얀 말티즈를 닮은 눈동자에서
아네모네 꽃잎이 뚝뚝 떨어져 내렸어

까만 도화지에 무지갯빛 미래를 긁어보렴
너무 세게 긁지는 말고
손목 위로 흘러내리던 붉은 꽃잎
모든 어둠은 거기서 오는 것 같아

검정을 보면 검정이 아닐지도 몰라
오래 들여다보게 돼

내려놓기 1

아저씨 저 꼭대기에서 내려주세요
거, 요즘 여자들 너무 걷기 싫어해 큰일이야

투쟁을 상실한 자, 누구 원망을 하겠는가

거울아, 흐린 거울아 이제 그만 좀 보여다오
과장된 모성에 기대 불어터진 육신을

아저씨 애가 있어서 그래요
그렇지, 여자들은 꼭 애 핑곌 댄다니깐

우린 무언가 핑계가 있어서 살아낸다
오래 잠들 수 없는 밤
깊은 벼랑이다
움켜쥐고 싶은 느낌만큼씩 놓기가 쉽지 않다

아저씨 그럼 저 벼랑까지만!
요즘 여자들 당최 겁이 없어, 꼭 갈 데까지 가요

내려놓기 2

비빔밥 한 양푼
같이 맛나게 비벼 먹다
아직 숟가락 싸움은 시작도 안 했는데
먼저 숟가락 내려놓던 큰집 누이
사랑채 일꾼과 눈 맞아
남해 어디서
시퍼런 눈언저리 보랏빛이 되어서야
허망한 사랑 내려놓고 왔다는데
선무당 사람 잡는다 소리 들어가며
맞고 치던 그 누이
운대로 삼광 홍단 내리 이기다
벚꽃 향기 어리어리하다나
또 먼저 패 내려놓고 먼지 날리며 마당을 쓸어낸다
먼 길까지 한바탕 쓸고 오더니
참았던 눈물처럼 수돗물 콸콸 틀어놓고
신발을 빤다
툇마루에 앉아 삼월 볕을 쐬는 누이
널지 않은 젖은 신발이
누이를 빤히 올려다본다

복기復記

상처 많은 벽의 껌을 생각했네
눈 뜨자마자 떼어 질겅거릴

그의 기억력이 훌륭했는지
나도 모르는 오래된 말을 저장해놓고
단물 다 빠진 치클을 맛있게 굴려 씹고 있네

내가 그랬다고?
각색에 충실했다는 걸 알았지만
변명은 별로 쓸모가 없어 보였네

곱씹히는 말의 해악은 송곳니처럼 날카로웠네
송곳니에 물려 찢긴 혀가 아파 눈물 질금거리네

말이 저렸네

흥겨운 입내가 멀리멀리 퍼져나가고 있네
누군가의 혀가 잘려야 한다는 생각에 사로잡히네
〉

잘랐네
잘린 토막말들이 삼삼오오 모여들어 말을 거네

말을 걸다 하나씩 사라지네

말, 화살을 날리다

그러니 화살이 무슨 소용이에요. 당신 안에 더 강력한 화살이 있어도 소용없어요. 무시무시한 혀를 타고 나온 화살은 형태도 냄새도 없이 그저 상대성에 충실할 뿐이지요. 같은 화살을 쏴도 누가 누구에게 쏘느냐에 따라 그 파장은 재미있거나 재미없거나 둘 중 하나죠. 애석하게도 그게 다예요. 결국 돌고 돌아 제자리로 온 화살을 껴안고 우는 건 닳아빠진 당신이에요.

스스로 반열을 높인, 변하지 않는 시인 나부랭이가 있어요.

빈 시위를 당겨보고 있어요.

겨울에서 봄으로
공간과 관계의 안과 밖

김정수(시인)

하나. 당신의 안부를 묻습니다

먼저 '시인의 말'을 읽습니다. "괜찮아?" 당신께 보내는 '연서'라 했지만 '안부'입니다. 근심보다는 걱정에 가깝습니다. 해결되지 않은 일 때문에 속을 태우는 '근심'보다 어떤 일이 잘못될까 봐 불안해하며 애를 태우는 '걱정'이지요. "아직은"이라는 말에선 위안과 안도가 느껴지지만, 언제 닥칠지 모르는 일에 대한 불안이 스며 있습니다. "아직은" 다음에 느낌표(!) 대신 마침표(.)를 찍을 때의 감정이 느껴져 한동안 그 작은 점에서 눈을 떼지 못했습니다. 물론 그런 일이 일어나선 안 되지만, '느닷없이'를 우려한 것이겠지요. 묻는 마음이나 대답하는 마음이나 사랑과 애정, 안타까움이 깃들어 있습니다.

시인은 지금 "언제고 찾아올 빙하기"(이하 『별다방 미쓰리』, '시인의 말')를 견디고 있습니다. "눈물 한 알 삼키고 얼음 조각 한 잎 베어물면 그리움이 부어오르고 또 한 잎 베어 물면 여지없이 길을 잃었다"고 했지요. '그리움'은 과거의 회상이고, '길'은 미래의 막막함입니다. 시인이 현재 서 있는 지점입니다. 그러니까 시인은 '인생'이라는 다리 중간쯤에 서서 앞뒤를 번갈아 보고 있습니다. "나의 절망이/ 남의 절망보다 앞장서 걸어가다 멈춰"(「그러면서 당신이 시인이랄 수 있소」) 선 것이지요. 회상은 늘 파노라마 같습니다. 기억나지도 않고, 다 기억할 수도 없지만 뒤에는 여기까지 걸어오면서 만난 사람들과의 사연이 존재합니다. 항상 그 자리에 있는 사람, 연락이 끊겨 못 만나는 사람, 만났다 헤어진 사람, 새로 만난 사람…. 그들과의 만남은 고마움과 서러움, 미움이 교차할 것입니다. 그중엔 사소한 일로 틀어져, 화해할 시기를 놓쳐 등지고 사는 사람도 있겠지요. 풀지 못한 '미안함의 눈물', 삭이지 못한 분(憤)도 마음 한쪽을 차지하고 있을 것이고요. 몸을 돌려 앞을 바라보면 안개가 가로막은 것처럼 막막할 것입니다. 앞이 보이지 않으니, 그 앞에 놓인 다리의 상황이나 남은 거리를 가늠할 수조차 없겠지요. 설상가상으로 다리는 빙판입니다. 몸의 중심이 조금만 흐트러져도 넘어져 다칠 수 있습니다. 하지만 가만히 생각해보면, 앞에 놓인 다리의 상태나 거리를 아는 사람은 아무도 없습니다. 그저 나에게 주어진 하루하루를 열심히 살 뿐입니다.

튀르키예(터키) 시인 오르한 웰리 카늑의 「설명할 수 없네요」(『이스탄불을 듣는다』, 문학과지성사, 2011년)라는 시가 생각납니다. "시어들 속에서 내가 운다면/ 그대 그 소리 들을 수 있나요/ 그대 손으로 만질 수 있나요/ 나의 이 흐르는 눈물을"이라 했지요. "이 고통에 빠지기 전에는" 자신의 표현이 이토록 부족한지 몰랐다고 합니다. 설명을 할 수는 없지만, "모든 말을 할 수 있는 곳"이 있다는 것도 알 수 있다고 합니다. "혼자일지라도 난관에 맞서 투쟁하는 이는 강한 존재"라고도 했습니다. 이런 사실은 혼자가 됐을 때나 좌절했을 때 더 잘 이해할 수 있지만, 이런 상황을 받아들이려면 고통을 삭일 '혼자만의 시간'이 필요합니다. 2019년, 그러니까 3년 전 이맘때쯤 첫 시집 『별다방 미쓰리』를 읽었습니다. 시인은 "시어들 속"에 숨어 울고 있었지요. "그리울 때보다 그립지 않을 때가 더 미칠 것 같다"(이하 「그녀와 그녀」)며 "슬플 때보다 억울할 때 눈물이 더 많이 난다"고 했습니다. "브라운관 속 출연자가 조금이라도 울먹이면 눈물이 뚝뚝"(「이상한 봄이

왔다」) 떨어지던 봄과 "방바닥이 눈물을 글썽이며 꺼"(이
하 「지나간 가을 이야기」)지던 가을을 보내며 주워 담
을 수도 없는 말의 무게와 아픔을 되새겼지요. 그래도 지
금 좀 낫습니다. "울타리 같은 사람들이/ 쪼그려 같이 울
어"(「그깟」)주고 있으니까요.

　　슬픔도 앓아누운 새벽
　　으스스 추워질 때
　　이불을 덮어주며 포옥 감싸주는 당신
　　당신 모습으로 온
　　나
　　　─「위로」 전문

　　그녀의 넘어갈 듯 걸쳐진 눈동자에
　　아스라이 물들어 있는
　　나,
　　당신
　　　─「거울이 있는 병실 풍경」 부분

　시집을 읽으면서 참 궁금했습니다, 당신이 누구인지. 첫

시집 '시인의 말'에서 길을 잃은 길목에서 당신은 "오래 기다려"줬다고 했고, 이번 두 번째 시집 '시인의 말'에서도 "당신께 두 번째 연서를 보낼 수 있어 다행"이라고 했습니다. 첫 시집에서 인용한 시, 두 편에는 '나'와 '당신'이 등장하는데, 나는 당신이고 당신은 나입니다. 나와 당신은 일심동체(一心同體)입니다. 내가 추워 떨 때 곁에서 "이불을 덮어주며 포옥 감싸주는" 사람의 정체를 남편이라 생각해도 무방할 것 같습니다. 잠결에 느낀 당신의 '마음씀'에 나는 위로를 받고 싶지만 결국 위로가 닿는 지점엔 나 자신만 남습니다. 두 번째 인용 시에서도 보면 나는 당신이면서 나입니다. 나와 당신은 한 사람인 것이죠. 당신은 병실 거울 속의 낯선 나이고, 그 모습을 보는 나도 낯선 당신입니다. 변한 외모의 나는 '당신'이고, 그런 나를 바라보는 내면의 나는 '나'입니다. 거울을 보면서 슬퍼하고 안도하고 위로하고 안타까워하는 시인의 복잡한 감정이 만져집니다.

둘. 춘천의 기억을 듣습니다

유안진 시인은 시 「춘천은 가을도 봄이지」에서 "까닭도 연고도 없이 가고 싶"다고 했습니다. "느닷없이 불쑥불쑥 춘천이 가고 싶어"지는데, "가서, 할 일은 아무것도 생

125

각나지 않는"다고 했습니다. 춘천(春川)은, 아니 봄내는 그런 곳입니다. 그냥 막연히 가고 싶은, 그리운 고향 같은 곳입니다. 거기 봄내에 '희미하게 웃는 시인'이 삽니다. '희미한'은 시인을 생각할 때 가장 먼저 떠오르는 이미지입니다. '희미한'은 보기에 뚜렷하거나 분명하지 않고 어슴푸레한 것이지만, '어색함'과 '묘한'이 더 적합할 것입니다. 아마도 낯을 많이 가려 그러겠지요. 봄내가 안개의 도시인 것은 다 아는 사실입니다. 그 안개 속에서 불쑥 나타나 복숭앗빛 얼굴로 말없이, 말끄러미 웃기만 할 것 같은 시인이 조현정입니다. 시인의 남편(시인의 표현에 의하면 농부님)은 '준수네 과수원'을 하고 있지요. 통념으로 보면, 아니 당연히 '준수'는 아들 이름이겠지요. 남편이 과수원을 한다고 했을 때 시인은 과수원 일을 안 시킨다는 단서를 붙였다고 합니다. 하지만 과수원 일이라는 게 어디 그렇습니까. 수확철이 되면 온 가족이 달라붙어도 일손이 부족한데요. 시인이 SNS에 농부님의 하루를 올렸는데, 새벽 4시 기상해서 일-밥, 일-밥, 일-술이라는군요. 고된 농사일에 저녁 겸 반주로 한잔하는 것이겠지요.

꽃을 솎는 일은 나무에게서 나비를 빼앗는 일
이유 없이 헤어진다 한 꽃이 다른 꽃들과

비바람과 벌레와 새들에게 기꺼이 몸을 내어줌으로
농부의 곁을 지켜주는 과일을 먹는다

파치의 시간으로 잠들고 깨어나는 나는
가슴에 몇백 개의 꿈을 더 가졌다
나는 갖가지 영혼의 양초를 파는 사람이 될 수도 있겠다

상한 과일들이 빌려준 시간 속으로
성한 과일들이 들어온다

서로가 서로에게 기대인 그림자 속으로
달콤한 햇빛 한 줌 기울어온다
　　　　　　　　　—「파치의 시간」 전문

새벽에 일어나기 힘들어서 밤에 복숭아를 따기로 함. 밤 한 시에
복숭아 따러 나갔더니 멧돼지가 복숭아를 먹고 있음. 먹던 거 먹을
시간을 좀 더 주고 쫓음. 포수들이 무리 중 한 마리를 놓쳤다더니 그
놈인 거 같음. 놈이 낮은 데 것을 따 먹어줘서 위에 달린 복숭아 알
이 더 굵어졌다고 봄.
　　—「이상한 영농 일지」 부분

개인적으로, 첫 시집에서 가장 가슴 아픈 시가 「지나간 봄 이야기」입니다. 특히 "나는 당신의 과수원에서 가장 못생긴 과수나무"라는 자책 같은 독백에 한순간 시의 행간이 흐려졌지요. 내 잘못도 아닌데 겨울밤에 들고양이처럼 "어둡고 후미진 곳"만 골라서 다니고, 아픈 몸으로 과수원과 자식들 진학 걱정을 하잖아요. 몸에 몹쓸 병이 들었다고 "상한 과일"인 파치와 자신을 동일시하고요. 과수원이라는 공간은 삶의 터전이면서 시가 생겨난 곳입니다. 가스통 바슐라르가 『공간의 시학』에서 말한 것처럼 인간은 본능적으로 공간에 집착합니다. 어머니 뱃속과 집은 안온함과 가족의 사랑을 느끼는 공간입니다. 떠났다가도 언젠가는 돌아가야 할 곳이 집입니다. 하지만 시인에게 "너무 오래 살고 있는 집이/ 처음 와본 집"(「앨리스 양의 우울삽화」)처럼 낯설기만 합니다. 첫 시집에서는 「두려움이 더미더미 1·2」, 「순한 동네」, 「마녀들의 아파트」, 「정원이 있던 자리」 등 집을 소재로 한 시가 꽤 되지만, 두 번째 시집에서는 "고독사한 지인의 서랍"의 동전을 집으로 가져오고(「유품에 대한 사적 견해」), "바이러스가/ 골목을 돌고 돌아 우리 집 문 앞"(「지나간 여름 이야기」)까지 오고, "감자밭으로 둘러싸인 (동생네) 집"(「일요일의 감자꽃」) 등에서만 단편적으로 등장합니다. "그것(암)이 불쑥 나를 찾아오고부터"(「겨우살이」) 낯설던 집이 이제 더이상 낯설지 않을 만큼 마음의 안정을 찾은 것이지요.

집이 위안과 휴식의 공간이라면 집안의 책상 위나 빈 서랍은 허전함과 서운함, 외로움을 상징합니다. 그곳은 가족의 오밀조밀한 사연이 스민 작은 물건들로 채워져야 할 공간이지요. 마음의 위안과 죽음 인식은 서랍, 가방, 창문, 화분, 수족관, 욕실장, 서랍장, 신발장, 냉장고 같은 추억과 내밀함이 들어앉은 공간에 집중합니다. 이런 작고 구석진 곳은 채우고 비우기를 반복하는데, 몸이 아프고 난 후에는 추억을 더듬고 흔적을 지우는 '나만의 공간'입니다. 그리고 육신과 영혼이 침잠하는, 휴식을 취하는 장소이기도 하고요. 사실 구석진 곳이나 집, 집 밖의 넓은 세상은 막막하다는 점에서 일맥상통하기도 합니다. 문을 경계로 구분이 될 뿐 구석과 세상은 크게 다르지 않지요. 사람들과의 만남을 자제하고 집에 있는 것이나 문을 열고 나가 사람들 속에 있는 것은 다 고독하고도 외로운 일이니까요. 첫 시집에서도 그랬지만, 조현정의 시에서 구석은 '바닥'(물론 바닥은 더 이상 떨어질 데 없는 기분을 의미하기도 합니다)으로 표현됩니다. 가령 첫 시집의 "바닥은 달팽이보다 깊더란 말이지"(「바닥에 대하여」), "눕고 싶은 모든 바닥은/ 죽음의 대기실"(「앙티상브르 – 상담 1」)과 두 번째 시집 "큰 병 진단받고 바닥을 어슬렁어슬렁 기고 있는데"(「나의 빽」), "바닥에는 꽃무늬 원피스가 길게 누워 있다"(「꿈과 춤」), "길바닥에 늘어진 볕을 쬐며 사람이 다가가도 꼼짝하지 않는"(「청평사 산책」) 집고양이와 같은 표현에서 이를 확인할 수 있습니다.

　시인에게 과수원이라는 공간은 집이면서 세상입니다.
하지만 나의 공간이 아니라 당신, 즉 남편의 절대적인 공
간입니다. 앞서 언급한 것처럼 그 공간에 깃들어 있는 "나
는 당신의 과수원에서 가장 못생긴 과수나무"입니다. 거
기서 그치는 것이 아니라 살짝 상처가 나 상품 가치가 떨
어지는 '파치'와 다를 바 없다고 생각합니다. 실한 작물이
더 잘 자라도록, 실하지 않은 꽃(또는 열매)을 솎아내는
일을 "나무에게서 나비를 빼앗는" 것이라 합니다. 꽃과 과
수나무는 가족을, 꽃과 나비는 아내와 남편, 꽃과 꽃은 엄
마와 딸을 은유합니다. 아무리 실한 열매를 위한 일이라
도 빼앗는 것과 "이유 없이 헤어"지게 하는 일은 정당화될
수 없습니다. 그것은 몸이 성한 사람을 위해 몸이 성치 않
은 사람을 희생시키는 것을 연상케 하지요. 꽃을 솎아내
고도 "비바람과 벌레와 새들에게 기꺼이 몸을 내어"준 파
치를 몸이 아픈 시인이 먹으면서 동병상련의 감정을 느낍
니다. "파치의 시간" 속에서 잠들고 깨어나 "몇백 개의 꿈
을 더 가"집니다. "상한 과일들"과 "성한 과일들"은 'ㅏ'와
'ㅓ' 모음 하나 차이지만, 전혀 다른 의미를 지닙니다. 하
지만 "서로가 서로에게 기대"고, "복숭아를 먹고 있"는 멧
돼지에게 "먹을 시간을 좀 더 주고 쫓"는 여유가 생겼습
니다. "그림자 역시 하나의 거처"라는 바슐라르의 말을 상
기해보면, 시인은 "파치의 시간"에서 '하나의 색깔'로 물

들어가고 있는 듯합니다.

셋. 죽음 곁에서 죽음을 듣습니다

조현정 시인을 처음 만난 것은 2014년 6월 춘천 글소리 낭독회 '춘천 시인들의 춘천 이야기' 때입니다. "나는 조나리자/ 이제하 선생님이 붙이시고 최돈선 선생님이 웃으셔"(「나의 빽」)에 나오는 최돈선 시인이 주도한 행사였지요. 여기서 '조나리자'는 '조현정+모나리자'일 것입니다. 레오나르도 다빈치의 「모나리자」는 신비롭고 아름다운 미소로 유명하니, 유쾌한 칭찬이겠지요. 앞서 언급한 '희미한' 이미지와 크게 다르지 않습니다. 그날 몸짓극장에서 여러 시인이 시 낭독을 했는데, 낯을 좀 가리는지라 서로 인사를 한 기억은 남아 있지 않습니다. 춘천 사람도 아니면서 그 자리에 선 것은 약사동 망대에 관한 시(「망대」)를 썼기 때문입니다. 시인은 그때 "몸짓극장 어둠 속// 닿으면 도려질 것 같은 빛 한 줄기 서 있다"로 시작하는, 첫 번째 시집에 수록된 「희망고문」을 낭독했지요. 시인은 "가장 어두운 곳은 빛과 빛 사이"라며 "겨우 찾은 길마저 지워버리던/ 오래된 통각痛覺"을 느꼈다고 했습니다. 당시에는 그 통각이 무언지 몰랐지요.

시인은 2019년 《발견》 여름호에 「붉은 낮잠」 외 4편으

로 등단했지만, 그 전부터 춘천의 오래된 시모임 '시문'
과 'A4' 동인으로 활동하고 있습니다. 등단이라는 제도적
형식만 갖추었을 뿐 이미 시인이지요. 그런데 등단하면서
바로 첫 시집을 내는 것은 상당히 이례적인 일입니다. 몸
에 찾아온 몹쓸 병으로 좀 서두른 감이 없진 않았을 것입
니다. 죽음은 첫 시집과 두 번째 시집 전반을 지배하는 이
미지입니다. "잠깐 동안 저승의 눈과 마주쳤"(「까마귀 이
는 저녁」)던 시인은 좌절하거나 기도하기보다 "적극적으
로/ 치료하면 나을 수 있다는 말"(「생존율 15프로」)을 믿
고 죽음의 공포와 "슬픔을 견"(「다시는 못 볼까 봐」)디
고 있습니다. "미리미리 인사를 해두"(「지나간 여름 이야
기」)는 와중에도 문득문득 "언제까지 살 수 있을까"(「ON
AIR」)를 생각합니다. TV를 보거나 산책을 하는 중에서도
죽음이 유난하게 다가옵니다.

실종 가족은 바다 속에서 발견되었어요
가장은 루나 코인과 수면제를 검색했군요

달의 여신과 동전의 양면과
수면제의 달콤한 유혹

자, 손을 내밀어보아요

무엇이건, 재빨리 움켜쥐지 않으면 놓치고 말아요
어두운 여름 아침이에요

울다 깼나 봐요
선택할 무엇도 없는 저녁이었는데

세상에는 아무것도 없고, 젖은 숲과 지붕들
내리는 건지, 걷히는 건지 알 수 없는 어스름
물속 같은 어둠을 들락거리는 꿈을 자주 꾸었어요

이제 꿈을 건져 올려야 할 시간이에요

하얀 원피스를 입은 조그만 딸을 업고
어린 엄마가 로또를 사요
번호를 고르다가 눈 풀린 토토인들을 봐요
복권방 구석에서 행운계 행성과 교신 중인

주식은 바닥에 큰 구멍을 만들었어요
코인이 녹아 사라진 곳에서 달의 여신이 춤을 추어요

행운은 우리가 원하는 반대 방향으로 빠져나가고
도시에서 흘러나간 유등은 모두 바다에서 발견되었어요

달의 여신은 사라지고

이제부터, 아주 긴 장마가 시작될 거예요

─「아주 긴 장마가 시작될 거예요」 전문

    전문을 인용한 「아주 긴 장마가 시작될 거예요」는 이번 시집 맨 앞에 놓인 시입니다. 올해 6월 '제주 한 달 살기' 체험학습을 신청한 뒤 실종 29일 만에 전남 완도군 앞바다에서 인양한 차량에서 발견한 가족의 뉴스를 보고 쓴 시일 것입니다. "가장은 루나 코인과 수면제를 검색"했습니다. 가상화폐 루나가 폭락했고, 가족이 동반 자살을 한 뉴스 말입니다. 아마 시인은 TV 앞에서 뉴스를 보다가 눈물을 흘렸겠지요. "하얀 원피스를 입은 조그만 딸"과 절박한 마음으로 로또를 사는 "어린 엄마"가 참 안타까웠을 겁니다. "손을 내밀어" 잡아주고 싶었겠지요. 인생은 동전의 양면 같습니다. 동전을 던졌을 때 앞면 아니면 뒷면이 나오는 것은 당연합니다. 사물이나 인간도 양면성을 가지고 있지요. 그런데 인간은 긍정보다는 부정, 안 좋은 기억을 더 오래 간직한다고 합니다. 그래야 생명을 위협하는 맹수를 만나거나 독버섯을 먹는 것과 같은 실수를 반복하지 않으니까요. 아마 생존 본능일 것입니다. 하지만 동전을 던지는 횟수를 늘리면 결국 앞뒷면이 비슷하게 나오겠지요. 그건 확률이니까요. 행복과 불행이라고 무에 다르겠습니까. 항상 행복한 것도, 항상 불행한 것도 아니지요. 다만 행복보다 불행을 더 오래, 더 자주 기억하는 것이겠지요. 그리고 동전은 앞면과 뒷면이 존재해야 온전한 한 개가 됩니다. 행복과 불행은 따로 떼어놓고 생각할 성질의 것이 아닙니다. 따로 떨어져 있으면 그게 더 이상하겠지요. 폭락한 가상화폐 루나도 언젠가는 폭등(물론 물거품처럼 사라질 수도 있고요)할 것입니다. 기다릴 수 없는 상황이라면 그 시간은 지옥 같겠지만요. 루나(Luna)는 그리스·로마 신화에서 '달의 여신'입니다. 그러니 루나에서 달의 여신을 떠올리는 건 지극히 자연스러운 일입니다. 동화적 상상력과 경험적 현실과 대칭되는 꿈의 세계는 현실과 동떨어진 이상향이나 도피처가 아니라 현실과 연결되어 있는 또 다른 영역입니다. "세상에 수도 없이 일어나는 불행"(「까마귀 이는 저녁」) 중 하나인 일가족의 죽음에서 시인은 손을 잡아주고 싶은 감정을 투사합니다. 무엇이든 잡았으면, 누군가 잡아주었으면 일어나지 않았을 것인지라 더 마음이 아팠겠지요. 시인은 뉴스를 보다가, 울다 잠들었다가 깨어납니다. "눈 뜨면 마주치는 만만찮은 현실"(「꿈과 춤」)은 행복보다는 불행에 더 가깝습니다. 안타까움은 살아남은 사람들, 선택에서 아무런 영향을 끼치지 못하는 사람들이 느끼는 순박한 감정일지도 모릅니다. 시인은 그들이 미처 건져 올리지 못한 '꿈'을 염원합니다. "아주 긴 장마가 시작될" 것이라 했지만, 장마는 언젠가 끝나겠지요. 세상에 영원한 장마는 없으니까요. 시인은 알고 있습니다. "우린 무언가 핑계가 있어서 살아"(「내려놓기 1」)내고, "나의 마음창고 어딘가에 있어주는 것"(이하 「다시는 못 볼까 봐」)만으로도 "슬픔을 견디는 힘이 된다는" 것을.

넷. 관계의 끈과 끝을 풉니다

시인은 「소요유逍遙遊」에서 "어디 사느냐"고 묻자, 당신은 "죽음 바로 앞에 산다"고 대답합니다. 다시 "거기가 어디냐"고 묻자, 당신은 거기가 "어딘지 모른다"고 대답합니다. 삶 이후는 한 번도 가보지 못한 미지의 세계입니다. 그러니 죽음이 두려울 수밖에요. 인간은 누구나 죽는다는 사실을 알면서도 애써 죽음을 외면하고, 무병으로 천수를 누리는 걸 최상의 복(福)으로 생각했습니다. 언젠가 닥쳐올 죽음에 대한 근심으로 삶을 낭비한다면 이보다 더 어리석은 일도 없겠지요. 장자는 세상을 거닐며 노닐 듯이 자유롭게 살라[소요유(逍遙遊)]고 했습니다. 절대적·정신적인 자유를 누리려면 세상을 평등하게 보고 대하라고도 했지요. 하지만 사람들 사이에서 관계를 맺으며 사는 범인(凡人)으로서는 넘볼 수 없는, 쉽지 않은 경지입니다. 첫 시집에서는 한결 가까워진 죽음에 대한 공포와 삶의 애착, 투병의 힘겨움에 천착했다면 두 번째 시집에서는 암 수술 후 자유의지와 말로 인한 상처, 사람들과의 관계의 어려움으로 시적 관심이 전환됐음을 감지할 수 있습니다.

너무 차가워진 우리
얼음 강 위에 함께 얼어붙은 버드나무와 나

발이 묶였다
바람이 지나며 평생의 언질을 속삭였다
나랑 가자 자유로이
—「결로結露」부분

또다시
상한 마음 들러붙어 불편한 관계를 만들었습니다

모카 케이크를 잘라 먹으며
생일이 껴 있는 여름을 한 번도 사랑한 적 없었노라

거짓말을 했습니다

삶이 죽음의 공포인 것을 모르는 사람처럼
상실을 한 번도 울어보지 않은 사람처럼
— 「지나간 여름 이야기」 부분

내가 그랬다고?
각색에 충실했다는 걸 알았지만
변명은 별로 쓸모가 없어 보였네

곱씹히는 말의 해악은 송곳니처럼 날카로웠네
송곳니에 물려 찢긴 혀가 아파 눈물 질금거리네

말이 저렸네
— 「복기復記」 부분

끈은 끝과 다르며 같다
이어 쓰거나 끊어 쓰는 것이다

우리를 맺은 것도 인연이라는 끈
풀며 가는 "ㄴ"과 "ㅌ"의 사이가 아직은 남았다

풀어 쓴다

나아지는 것도 아니지만 좋아지는 것도 아니지만

변하지 않는 것으로도 고마운 날

　　　―「끈에 관한 농담」 부분

　사람들과의 관계의 힘듦은 "너무 차가워진 우리"를 인식하는 것에서 시작됩니다. 관계는 철저하게 '우리'의 개념입니다. '나'로 인해 '너'가 존재하는 것이나 '너'로 인해 '나'가 존재하는 것이 아니라 서로 동등한 것이 관계의 가장 큰 특징입니다. 관계는 서로의 모습을 비추는 거울이지요. 상대의 말이나 행동, 또 다른 관계에 의해 깊어지거나 단절됩니다. 특히 악담이나 험담, 뒷담화 등은 치유할 수 없는 깊은 상처를 남깁니다. 「결로結露」는 소원해진 관계의 틈을 비집고 들려오는 "나랑 가자 자유로이"라는 악마의 유혹과 다름없습니다. "불편한 관계"는 괜히 마음이 상해 "생일이 껴 있는 여름을 한 번도 사랑한 적 없었노라" 거짓말을 하고는 대화 없이 지내며 "불편한 관계"를 지속하기도 합니다. 쉬이 대화하지 못하는 것은 "삶이 죽음의 공포"이고, 상실감으로 여러 번 눈물을 흘렸기 때문입니다. 상한 마음을 추스르거나 서운함을 싹 다 잊고 관계를 정상화하는 것은 여름 지나 찬바람이 불어야 가능할 것 같습니다.

　시인은 '말'에 상처를 받고 복기(復記)를 시도합니다.

그는 "나도 모르는 오래된 말"을 끄집어내 씹어대고, 변명해보지만 소용이 없습니다. "말의 해악은 송곳니처럼 날카"롭기만 합니다. 예리한 칼날에 베인 것보다 더 깊은 상처를 남기지요. 살결에 난 상처는 시간이 지나면 아물지만, 마음에 난 상처는 쉽게 낫지 않습니다. 마음에 각인됩니다. "누군가의 혀가 잘려야 한다는 생각"에 이르면 관계의 단절은 피하기 어렵습니다. 그나마 관계를 회복하려면 나 스스로 풀어지거나 대화를 시도해야겠지요. 시인은 「끈에 관한 농담」에서 "끈과 끝은 다르며 같다"고 정의합니다. 'ㄴ'과 'ㅌ' 받침 하나의 다름과 엉킨 실(끈)은 끝을 찾아 차근차근 풀어가야 하므로 '끈'과 '끝'은 서로 다르지 않습니다. "끈(생)의 운을 다"썼다고 생각하는 시인은 주변을 돌아봅니다. "아무렇게나 끊어버린 (관계의) 끈들이 너덜너덜 끝"이 나 있습니다. 관계의 단절은 공포를 몰고 옵니다. "고맙게도 당신은 달아나지 않"고 곁에 있습니다. "끈의 끝을 함께"한 사람인지라 더 고맙습니다.

다섯. 겨울에서 봄으로 옮겨갑니다

시인은 계절에 민감한 촉수를 가지고 있습니다. 남편이 과수원 농사를 짓기 때문일 수도 있지만, 자연의 변화에 민감한 안개의 도시 봄내에서 나고 자라 몸이 기억하는 감각일 것입니다. 조현정의 시에서 겨울은 투병의 빙하기, 봄은 회복의 간빙기를 은유합니다. 이를 극명하게 보여주는 시가 「지나간 겨울 이야기」(『별다방 미쓰리』)입니다. "과수원의 겨울 속을 서성이던" 시인은 "나도 겨울"이라 담담히 풀어놓습니다. 남편이 농사짓는 과수원과 남편과 한집에 사는 나, 매서운 겨울바람을 견디는 과수나무와 투병하는 나는 같은 처지입니다. '나'도 과수원의 한 그루 나무인 게지요. 끝날 것 같지 않던 단단한 겨울은 남쪽에서 불어오는 바람에 의해 서서히 물러갑니다. 서둘지 말고 "하루씩 (겨울을) 견디"면 봄은 찾아옵니다. 아니 "봄은 늘 거기에 있"고, 찾아가면 되는 것이지요. 꽃이 "다시 필까" 의심하고, "피면 좋겠어/ 다시 꼭" 염원하고, "언제나 다시 피면 좋겠"다고 기원합니다. 그런 점에서 황지우 시인의 「겨울-나무로부터 봄-나무에게로」의 "꽃피는 나무는 자기 몸으로/ 꽃피는 나무"라는 구절을 떠올리게 합니다. 워낙 유명한 시인지라 다양하게, 철저하게 분석이 이루어져 있습니다. 한 사전에서는 "이 시는 추운 겨울을 견뎌내고 봄을 맞아 꽃을 피우는 나무의 모습을 통해 고통스러운 현실을 이겨내고 새로운 날을 맞이하리라는 희망을 제시하고 있다"며 "화자는 겨울나무에서 봄나무로의 변화를 자기가 속한 상황을 거부하려는 의지로 파악한다"고 했습니다. 뭐 더 보탤 것도, 뺄 것도 없이 조현정의 시에 적용해도 무방할 것 같습니다.

겨우겨우 겨울을 난 내가
당신의 소원으로 아직 여기 있다

달빛에 엉긴 부스스한 그것
미처 닿지 못한 기도들
또 한 번의 겨울을 기다리고 있다
　　　─「겨우살이」 부분

어디든 봄 바다가 닿는 곳으로 가야 했네

겨울의 끝자락을 끌고 가
바람에 밀려온 그의 팔에 매달려 백사장을 걸었네
　　　─「봄 바다에서」 부분

봄여름 없이 겨울 다음에 바로 가을
가을항아리에 자주색 소국을 한아름 꽂아놓고 흰쥐를 기르기 시
작했지
　　　─「어디쯤이건 어디에 있건」 부분

그러므로 겨울은 시련이고, 봄은 희망입니다. 과수나무는 '농부님'의 지극한 정성과 자기 자신의 삶의 의지로 혹독한 겨울을 견디고 봄에 꽃을 피울 수 있는 것입니다. 추락은 한순간이지만, 회복은 더디기만 합니다. 기도와 소원은 간절하지만, 그것이 이루어지는 과정은 지난하기만 합니다. 그래도 잔혹한 현실과 운명을 그대로 받아들이기보다 "포기하지 않는 구겨진 힘"(「파이트클럽을 보는 저녁」)과 "봄 바다가 닿는 곳"으로 여행과 "한낮의 산책"(「어리바리 세계관」), 그리고 매일 당신에게 들키는 "하루치 사랑"(「약(藥)사리고개」)으로 겨울을 견딥니다. 시인은 지금 "이 생의 슬픔을 견디"고 있습니다. 생(生)의 시계는 재깍재깍 빠른 심장 소리를 들려줄 것입니다. 그 소리에 귀 기울이며 "봄여름 없이 겨울 다음에 바로 가을"이 올 것 같다고 생각하겠지만 봄과 여름은 어김없이 찾아오고, "눈에 보이지 않"지만 여분의 희망은 많이 남아 있습니다. "어디쯤이건 어디에 있건/ 버리지만 않으면 다시 만나게" 됩니다. 우리 어느 따스한 봄날에 만나 반갑게 "좋은 아침입니다"(「ON AIR」) 인사를 나누어야지요. ☎

달아실시선 60

그대, 느린 눈으로 오시네

1판 1쇄 발행   2022년 10월 31일

지은이   조현정
발행인   윤미소
발행처   (주)달아실출판사

책임편집   박제영
디자인   전형근
법률자문   김용진

주소   강원도 춘천시 춘천로 257, 2층
전화   033-241-7661
팩스   033-241-7662
이메일   dalasilmoongo@naver.com
출판등록   2016년 12월 30일 제494호

• 잘못된 책은 구입한 곳에서 바꿔드립니다.
• 책값은 뒤표지에 표시되어 있습니다.
• 이 책은 강원도, 강원문화재단의 후원으로 제작되었습니다.